親子で読み継ぐ 万葉集

～ベストセレクション50～

はじめに

皆さんは万葉集《まんようしゅう》を知っていますか。万葉集とは、今からおよそ千三百年もの昔《むかし》、日本の国をまだ「やまとの国」と呼んでいたころの古代の人たちが、さまざまな思いを詠《うた》いあげた歌（和歌《わか》）をたくさん集めた、〝大和言葉《やまとことば》〟による大歌集《だいかしゅう》です。歌は一首、二首《しゅ》と数えますが、じつに四千五百首を超《こ》える膨大《ぼうだい》な歌が集められているのです。身分や男女を問わず、宮廷《きゅうてい》の人から一般の庶民《しょみん》まで、老人から若い人までの歌の数々が寄せられていますので、まさに国民の歌集といっていいでしょう。

これからこの本をよく味わっていただくとわかるでしょうが、万葉集の歌には古代の人々の素直《すなお》な感動がありのままに伝えられ、喜びの心も悲しみの心もまっすぐに現代の私たちに語りかけてくるのです。万葉集のもっとも古い歌は、およそ千六百年も経《た》っているのですから、それほどに長い年月を超《こ》えて、今の私たちの心に感動を与えるというのは、素晴らしいことですね。

もちろん古代の言葉ですから、すぐに分かるというものではありませんが、慣《な》れてくれば難《むずか》しいものではありません。しかも基本が五音と七音の連《つら》なりでできていますので、日本語としてとてもリズムがよく、歌唱《かしょう》のように心にすっと入ってくるのです。俳句《はいく》は基本が五七五の音《おん》からなっていますね。万葉集でもっとも多いのは、五七五七七音からなる短歌《たんか》です。本書では短歌だけを載《の》せましたが、ほかに長歌《ちょうか》といって五七を連《つら》ね、最後を五七七で終わる堂々とした歌もあります。俳句も民謡《みんよう》も、みな大和歌《やまとうた》を中心とした仲間《なかま》といっていいでしょう。このように万葉集は、人の心をまっすぐに、美しい調《しら》べにのせて語りかけてきますので、昔から多くの人々に愛されてきました。まさに我が国の古典中《こてんちゅう》の古典であり、日本人の「心のふるさと」でもあります。

万葉集の初期においては、まだ文字がないような時代でしたので、おそらくすべて口《くち》伝《づた》えに伝《つた》えていたのでしょう。万葉集を編集するころ（主に奈良《なら》時代）になっても、現代のような平仮名《ひらがな》やカタカナはなく、歌を伝えるのにすべて漢字《かんじ》で表すしかありませんでした。当時の人々の素晴《すば》らしさは、大和言葉の歌を、漢字の音《おん》と訓《くん》（意味）との組み合わせで工夫《くふう》しながら、大和言葉のもつ味わいや調べをそのままに残そうと努めたことです。おかげで古代日本人の「心言葉《こころことば》」がそのままに伝わっているというのは、実《じつ》に有《あ》り難《がた》いことで、世界に類《るい》をみないのではないでしょうか。

しかしすべての歌が漢字で表現されましたので、後《のち》の世の人たちがこれを読むには大変な苦労《くろう》が必要でした。中世《ちゅうせい》のころから、いろんな人たちが仮名《かな》に直すことを試《こころ》みてきましたが、とくに江戸時代には、契沖《けいちゅう》や賀茂真淵《かものまぶち》などの学者がさまざまな意見を交《か》わしながら、今私たちが読めるような万葉集の基本を形作ってくれたのです。ですから、万葉集の誕生までにはじつに多くの先人《せんじん》の努力があったことを忘れることはできません。

本書では、はじめて万葉集にふれる皆さんのために、感動的で、しかもできるだけ親《した》しみやすい歌を五十首選んで、解説《かいせつ》を加えました。一人で読まれても、また親子で読まれてもいいと思います。多くの歌が昔から名歌《めいか》として称《たた》えられたものですので、ゆっくりと味わっていただきたいと思います。そして、できるだけ声に出して読むことをお勧《すす》めします。歌の意味はよくわからないものでも、その調べの美しさにきっと気づくことでしょう。歌の命《いのち》は、その調べにあるといってもいいほどなのです。

万葉集の歌は、生涯《しょうがい》にわたって忘れがたいものです。いつか後《あと》になって、万葉集の歌に力や慰《なぐさ》めをもらうことがきっとあると思います。一生の宝として親しみ、また親から子へと次世代《じせだい》に読み継《つ》いでいただくことができましたなら、こんなに有り難いことはありません。感動は無限でありましょう。

令和二年、秋桜《あきざくら》の花咲くころ

小柳《こやなぎ》　左門《さもん》
白駒《しらこま》　妃登美《ひとみ》

凡例

＊本書は「万葉集」の原文を漢字仮名《かな》まじりの読み下し文で表したが、各和歌の訓《よ》み方や漢字の当て方については、後世の学者によって異《こと》なるため、本書では主《おも》に斎藤《さいとう》茂吉《もきち》、保田《やすだ》與重郎《よじゅうろう》、中西《なかにし》進《すすむ》の各氏に従った。

＊短歌については「万葉集」の原文を尊重《そんちょう》して、正《せい》仮名遣《づか》い（歴史的仮名遣い）とした。ただし読みやすさを考慮して、現代仮名遣《げんだいかなづか》いをその横に加えた。

＊短歌の漢字のルビについては、正仮名遣いとし、現代仮名遣いを（ ）で加えた。

＊とくに説明を要するであろう人名や用語などについては、注を施《ほどこ》して巻末《かんまつ》にまとめて記載《きさい》した。

＊各作者の下の数字は、「万葉集」の巻数《まきすう》と「国歌大観《こっかたいかん》」の通《とお》し番号を示した。

装幀・装画・挿画・本文デザイン――竹中俊裕

親子で読み継ぐ万葉集 ～ベストセレクション50～

もくじ

選歌50首とその解説

石走《いは(わ)ばし》る 垂水《たるみ》の上《うへ(え)》の
早蕨《さわらび》の 萌《も》えいづ《(ず)》る春《はる》に
なりにけるかも

志貴皇子《しきのみこ》
(巻《まき》八・一四一八)

口語訳

しぶきをあげて、勢《いきお》いよく流れ落ちる滝のほとりに、早緑《さみどり》色の若い蕨《わらび》が萌《も》え出てきたよ、そんな春になったことだなあ。

解説

春がやってきました。寒い冬を越《こ》して山の雪も解《と》け、谷川には勢《いきお》いよく清らかな水が流れていきます。岩に当たってしぶきをあげる滝《たき》のほとりには、若草が萌《も》え、生まれたばかりの蕨《わらび》が薄緑色《うすみどりいろ》の小さなにぎりこぶしのような芽《め》を出し始めました。ああ、山にも野にも、天地《てんち》いっぱいの春になったなあ、そんな喜びの心を歌うように作られたのが、志貴皇子《しきのみこ》の有名な「歓《よろこび》の御歌《みうた》」と題した短歌（注1）です。

最初の「石走る《いは(わ)ばし》」は、水が岩に当たってほとばしるさまを表し、次の「垂水《たるみ》」にかかる枕詞《まくらことば》です（注2）。「垂水」は急に流れ落ちる水で、小さな滝が思い浮かびますね。「上《うへ(え)》」は、その近くという意味で、「早蕨《さわらび》」は萌《も》えてすぐの若いわらび、「いづる」は昔の言葉づかいで、「出る」と同じです。「ける」は、物事が過ぎたばかりの時を意味し、「かも」は感動を表す言葉です。昔の言葉はちょっとむずかしいけれど、やがてなれてくるでしょう。

和歌《わか》はもともと、昔の人々が声に出して歌っていたもの。ですから皆さんも声に出して、歌うように読んでみてください。とくに最後の「春《はる》になりにけるかも」は、心が広がっていくように大らかで美しい響きがあるでしょう。春が天地いっぱいに広がっていくようです。

わが園《その》に 梅《うめ》の花《はな》散《ち》る
ひさかたの 天《あめ》より雪《ゆき》の
流《なが》れ来《く》るかも

大伴旅人《おおとものたびと》
（巻五・八二二）

口語訳

私の住む庭園に、白い梅の花が散っている。まるで、高く広い天から、風にのって雪が流れるように、降《ふ》ってきていることだよ。

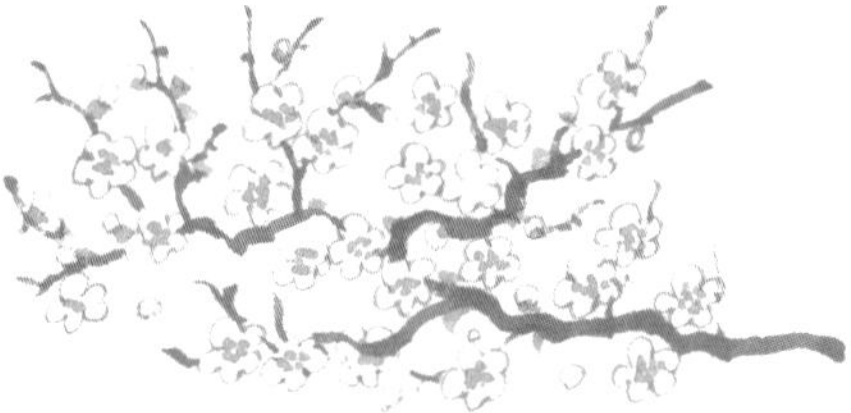

解説　《小柳》

大伴旅人《おおとものたびと》は、天平《てんぴょう》のころ（七二八～七三〇年）、大宰帥《だざいのそち》（大宰府《ふ》の長官）という位《くらい》の高い人でした。大宰府は今の福岡《ふくおか》市の南にあった政庁《せいちょう》ですが、当時は九州全体を統治《とうち》し、海外との外交の窓口であり、国防《こくぼう》の中心でしたので、「遠《とお》の朝廷《みかど》」とも呼ばれました。

正月を迎えて十三夜の日、庭園に白い梅の花が咲きほこっているころに、旅人は九州を治《おさ》める人々を集めて宴会《えんかい》を催《もよお》しました。この歌には漢文《かんぶん》による序《じょ》文があり、「初春《しょしゅん》の令月《れいげつ》（良い月）にして、気《き》よく風和《かぜやわ》らぎ」と書かれていますが、今の「令和《れいわ》」の元号はここから採《と》られたのです。

お酒を飲んで楽しく語り合ううちに、気分もだんだん高まり、皆それぞれ和歌を詠《よ》んで（和歌を作ることを「詠む」といいます）、三十二首もの梅の歌が生まれました。その日の主人であった旅人は、とても気持ちがよかったのでしょう。咲きほこった白梅の花が、ちらほらと散り始めた。ああ、まるで天から雪が舞い降りるように美しいなあ。「ひさかたの」は「天」や「光」などにかかる枕《まくら》詞《ことば》。清らかな一首ですが、じつは旅人はすでに六十七歳の高齢《こうれい》で、奥様《おくさま》を大宰府で亡《な》くしていたのです。悲しみのうちにも、友人たちとの語らいにほっとしたひと時だったのでしょうね。

3

春《はる》の野《の》にすみれ摘《つ》みにと
こし我《われ》ぞ野《の》をなつかしみ
一《ひと》夜《よ》ねにける

山部《やまべの》赤人《あかひと》
（巻八・一四二四）

口語訳

春の野原にすみれを摘《つ》もうとやって来た自分だったけれど、野原の美しさに心惹《ひ》かれて、立《た》ち去《さ》り難《がた》く、ここでつい一夜《いちや》を過ごして寝てしまったことよ。

解説　《白駒》

春の息吹《いぶき》に誘《さそ》われて、赤人《あかひと》はすみれを摘《つ》みに野原へ出かけます。そこは一面、日本人が愛してやまない、あの紫《むらさき》色。当時の人々は春になると、こぞってすみれ摘みに勤《いそ》しみました。すみれは、可憐《かれん》でゆかしい姿やその色が愛されただけでなく、食材や薬草としても用いられ、実用的でもあったのですね。赤人は、すみれが一面に咲き誇《ほこ》る野に魅《み》せられ、日が暮れてもなお立ち去りがたく、そこに宿《やど》を借《か》りて一夜《いちや》を過ごします。

友だちと遊ぶのが楽しくて「まだ帰りたくない」と後《うし》ろ髪《がみ》を引かれる――、そんな経験があなたにもありませんか？　きっと赤人も、美しい野の中で、この幸《しあわ》せな瞬間《しゅんかん》が永遠《えいえん》に続いてほしいと願ったのでしょうね。日頃《ひごろ》は宮廷《きゅうてい》に仕《つか》え、少し堅苦《かたくる》しい生活をしていたであろう、赤人。だからこそ自然に触《ふ》れた時の感動が大きかったのかもしれません。

古来《こらい》、日本人は自然《しぜん》との触れ合いを好《この》み、そこに自分自身の細《こま》やかな感性《かんせい》を重ね合わせ、歌に託《たく》してきました。そのようにして私たちの中に育《はぐく》まれてきた自然への情愛《じょうあい》が、この歌にはあふれています。この歌を口ずさむと、自然を慈《いつく》しむ気持ちに子どものころの思い出が重なって、誰もが懐《なつ》かしい思いになります。「日本人の心のふるさと」と呼びたい、素敵《すてき》な歌ですね。

4

君《きみ》が行《ゆ》き日《け》長《なが》くなりぬ
山《やま》たづ（ず）ね迎《むか》へ（え）か行《ゆ》かむ（ん）
待《ま》ちにか待《ま》たむ（ん）

磐姫皇后
（巻二・八五）

口語訳

あなたが行ってしまわれてから、ずいぶん日が経ちました　山路《やまじ》を訪《たず》ねて迎えに行こうかしら。それともここで待ち続けようかしら。

《白駒》

解説

会いたい人に会えないまま、日数だけがいたずらに過ぎていく。会いに行くべきか、待つべきか、女心《おんなごころ》は行ったり来たり――。恋する女性なら、誰もが共感するこの歌は、第十六代仁徳《にんとく》天皇（注1）のお后《きさき》・磐姫《いわのひめ》皇后が詠《よ》んだと伝えられ、万葉集で最も古い歌とされています。千数百年の時を経《へ》て、身分や立場の違いを超《こ》えて気持ちを分かち合えるというのは、素敵なことですね。

当時の結婚は現代と違い、身分の高い男性は複数の妻を持つのが当たり前。しかも通常《つうじょう》、夫婦《ふうふ》は一緒には暮らさず、夫が妻のもとを訪《たず》ねる「通《かよ》い婚《こん》」でした。磐姫皇后も、仁徳天皇の訪《おとず》れを待つ日が続いたのでしょう。

ちなみに、この時、磐姫皇后が実際に迎えに行ったのか、待ち続けたのか、定《さだ》かではありません。どちらの行動を選《えら》ぼうとも、本当に大切なのは、そこに込めた「思い」ではないでしょうか。どちらを選ぶかよりも、どれだけ深く相手を思いやれたのか。その思いやりの心が人間を成長させ、人生を豊かにしてくれるのです。

万葉集には、磐姫皇后の作とされる歌が四首収載《しゅしゅうさい》されていますが、どの歌も、一途《いちず》に人を愛し、だからこそ思い悩《なや》み、全力で生きぬいた女性のひたむきな姿が、読む人の胸《むね》を打《う》ちます。

5

ますらを(お)の 鞆《とも》の音《おと》すなり
もののふの 大臣《おほ(お)まへ(え)つぎみ》
楯《たて》立《た》つらしも

元明天皇《げんめいてんのう》
(巻一・七六)

口語訳

たくましい兵士たちの鞆《とも》を、弦《つる》が弾《はじ》く音が聞こえてくる。武《ぶ》を掌《つかさど》る大臣《だいじん》が、今まさに楯《たて》を立てているらしい。

解説　　《白駒》

天智《てんじ》天皇《てんのう》の皇女《こうじょ》であり、文武《もんむ》天皇の母でもあった元明《げんめい》天皇は、慶雲《けいうん》四（七〇七）年、文武天皇の急逝《きゅうせい》（突然《とつぜん》に亡《な》くなること）を受けてご即位《そくい》。その翌年に詠《よ》まれたのが、この歌です。大嘗祭《だいじょうさい》（注1）の儀式に際し、弓の弦《つる》を打ち鳴らし、大楯《おおたて》を立てて、新天皇のご即位《そくい》を祝う兵《へい》たちの勇ましさを詠《うた》っています。「鞆《とも》」とは、弓を射《い》る時に左手首に着《つ》ける、革製《かわせい》の防具のこと。鞆に弦が跳《は》ね返って当たる高く鋭《するど》い音が実際に聞こえてくるようで、糸を張《は》りつめたような、厳《おごそ》かな空気が伝わりますね。それは、国を守る大臣《だいじん》たちへの信頼と一国を背《せ》負《お》う天皇の重責《じゅうせき》を、象徴《しょうちょう》しているかのようです。

そうした新天皇の緊張感《きんちょうかん》や不安を、姉《あね》の御名部皇女《みなべのひめみこ》が察《さっ》し、次の歌を捧《ささ》げました。「吾《わ》が大君《おほ（お）きみ》ものな思《おも（お）》ほし皇神《すめかみ》のつぎて賜《たま（え）》へる吾《われ》なけなくに」（わが大君よ、何もご心配はいりません。あなた様を支えるために皇室の先祖の神々の命を戴《いただ》いて生まれた私が、お側《そば》についているのですから。）姉の優《やさ》しさと覚悟《かくご》が胸《むね》に迫《せま》ります。

元明天皇は日本初の流通貨幣《りゅうつうかへい》「和同開珎《わどうかいちん》」の鋳造《ちゅうぞう》・発行、平城京遷都《へいじょうきょうせんと》（注2）、『古事記《こじき》』（注3）の完成と『風土記《ふどき》』（注4）の編纂《へんさん》、さらに律令制《りつりょうせい》の整備など歴史的大事業を成し遂げ、わずか八年の在位の間に卓越《たくえつ》した政治力を発揮しました。周囲の支《ささ》えと自《みずか》らの覚悟をもって見事に重責を果たされたのです。

6

うらうらに照《て》れる春日《はるひ》に
ひばりあがり心《こころ》悲《かな》しも
独《ひと》りし思《おも》へ（え）ば

大伴家持《おおとものやかもち》
（巻十九・四二九二）

口語訳

うららかに照《て》り注《そそ》ぐ春の日差《ひざ》しの中、ひばりが空高《そらたか》く舞《ま》い上がり、私の心は悲しいことよ。ひとり静《しず》かに物思《ものおも》いにふけっていると。

解説

《白駒》

冬の眠りから動植物が目覚《めざ》め、活動を始める季節。春になると、心が浮き立つ人は多いでしょう。かつて家持《やかもち》もこんな歌を詠みました。「春《はる》の苑《その》　紅《くれなゐ(い)》にほ《(お)》ふ《(う)》桃《もも》の花《はな》　下照《したて》る道《みち》に出《い》で立《た》つ少女《を(お)とめ》」（春の園《その》は美しく輝くように桃の花が咲き、その薄紅《うすべに》色が木の下まで照り映《は》える道に現れ、佇《たたず》んでいる乙女《おとめ》よ。）まるで桃の花の精《せい》が現《あらわ》れたかのようなこの歌には、憂《うれ》いなど微塵《みじん》も感じられません。

ところが、わずか三年後、のどかな春の日に雲雀《ひばり》のさえずりを聞きながら、家持は悲しみがわき起こってくるのを抑《おさ》え切《き》れずにいるのです。同じ人が同じ季節に詠んだのに、歌の味わいは対極《たいきょく》にあるなんて、人間の心は奥深《おくぶか》いですね。天《てん》高く舞い上がった雲雀《ひばり》が、空の彼方《かなた》に吸《す》い込《こ》まれて消えていく――。その雲雀と同じように、家持の心も、天の果《は》てに引き込まれていきます。不安や悲しみは果てしなく広がり、深い孤独感《こどくかん》が家持をおそいます。

日常のなにげない場面で、ふっと寂《さみ》しさを感じることはありませんか？　そんな繊細《せんさい》な感性を、千年以上も前に生きた人と共有できるなんて、奇跡ではないでしょうか。「優《やさ》しい」という字は「イ《にんべん》に憂《うれ》い」と書きます。悲しみや孤独感と向き合い、憂いという暗闇《くらやみ》をくぐり抜《ぬ》けてこそ、真《しん》の優しさを持つことができるのです。その人生の深みを、この歌とともに噛《か》みしめたいですね。

わが屋戸《やど》の 夕《ゆふ(う)》影《かげ》草《くさ》の
白露《しらつゆ》の 消《け》ぬがにもとな
思《おも》ほ《(お)》ゆるかも

笠郎女《かさのいらつめ》
（巻四・五九四）

口語訳

私の家の庭で、夕日の光をほのかに受けている草花、その草花に置《お》いている白露《しらつゆ》が、やがて消えてゆくように、私の心も消えてしまいそうに、どうしようもなくあなたのことが思われてならないのです。

解説

《小柳》

前に登場《とうじょう》した大伴家持《おおとものやかもち》をめぐっては、多くの女性の歌が残されていますが、なかでも笠郎女《かさのいらつめ》の歌は万葉集に二十九首もあり、どれも家持への恋心《こいごころ》が詠《よ》まれています。言葉や音《おと》の調べの美しさ、恋心の深さからいえば、他をぬきんでて見事な名歌がいくつもあります。

この歌の「屋戸《やど》」は宿《やど》でもあり、家や庭のこと。「夕影《ゆふ(う)かげ》」とは夕日の光ですが、「夕影草《ゆふ(う)かげくさ》」はおそらく笠郎女が造《つく》った新しい言葉です。夕日のほのかな光を受けている草花に名づけたもので、まことに美しい造語《ぞうご》ですね。こんな言葉を生み出すというのも、笠郎女の感性《かんせい》がいかに豊かであるかを示しています。その草花には、夕方の空気が冷えていくので、白い露《つゆ》が降《お》りている。草に置いた露は、ころっとこぼれて、今にも消えてしまいそう。それほどに切《せつ》なく、消え入りそうに、家持のことを恋い慕《した》っているというのですが、まことに繊細《せんさい》で優雅《ゆうが》な表現ですね。「もとな」というのは、もうどうしようもないほどにという意味で、一途《いちず》な心が表れています。

「わが屋戸《やど》の　夕影草《ゆふ(う)かげくさ》の　白露《しらつゆ》の」と「の」でつないだリズムも魅力的です。

こんな恋歌を贈られた家持ですが、どうも笠郎女には心を動かされなかったようで、笠郎女の深い嘆《なげ》きの声が聞こえるようです。

あを《（お）》によし 寧楽《なら》の都《みやこ》は
咲《さ》く花《はな》のにほ《（お）》ふ《（う）》がごとく
今《いま》盛《さか》りなり

小野老《おののおゆ》
（巻三・三二八）

口語訳
青丹《あおに》の色の奈良の都は、咲いているる花が美しく輝くように、今こそ繁栄《はんえい》していることよ。

解説　《小柳》

作者の小野老《おののおゆ》は大宰府《だざいふ》（現在の福岡《ふくおか》県太宰府市にあった政庁）の次官《じかん》という役《やく》職《しょく》でしたが、その当時迎えた天平《てんぴょう》年間（七二九～七四九）の奈良の都の繁栄《はんえい》ぶりを称《たた》えて、詠んだのがこの歌です。「あをによし」は奈良にかかる枕詞《まくらことば》ですが、「あを《(お)》に」つまり青丹《あおに》とは、顔料《がんりょう》などに用いられた濃《こ》い緑の土で、古くは奈良でとれたとのこと。当時、奈良の都は平城京《へいじょうきょう》にあり、聖武《しょうむ》天皇の御代《みよ》でした。平城京《へいじょうきょう》に都が遷《うつ》されたのは和銅《わどう》三年（七一〇）でしたが、道路や建物が次第《しだい》に整備され、多くの人々で賑《にぎ》わう立派《りっぱ》な都となっていたのでしょう。都の中心にあった平城宮《へいじょうきゅう》は、造営《ぞうえい》から千三百年を記念して、平成《へいせい》の時代にあらたに復元されています。

この歌、花が「にほ《(お)》ふ《(う)》」とは、花の香りがするというよりも、花が美しく、輝いているさまを表しています。奈良の都が、「咲《さ》く花《はな》のにほ《(お)》ふ《(う)》がごとく」今やその盛りである、と明るく詠まれていますが、都の繁栄《はんえい》がまっすぐに伝わってくるような、堂々とした歌ですね。奈良時代の最盛期をかざるにふさわしい歌ですので、歴史の教科書にも時に紹介《しょうかい》されています。

小野老は都を離《はな》れたはるか九州の地から、賑わう奈良の都をことほぎながら、ふるさとの地をなつかしく、恋しく偲《しの》んでいたことでしょう。

9

東《ひむ(ん)がし》の 野《の》にかぎろひ《(い)》の
立《た》つ見《み》えて かへ《(え)》り見すれば
月《つき》かたぶきぬ

柿本人麻呂《かきのもとのひとまろ》
（巻一・四八）

口語訳

東の方の野原に、夜明《よあ》けを告《つ》げる朝の光がさし始めるのが見える。そして首《こうべ》をめぐらして振《ふ》り返って見ると、月が西の空に傾《かたむ》いて沈《しず》んでいこうとしているよ。

解説

東の空には太陽が昇り始め、西の空には月が傾《かたむ》いているという、夜明けの天空をあらわした大きな歌です。じつはこの歌は、軽皇子《かるのみこ》という方が安騎野《あきの》（奈《な》良《ら》県南西部）に狩《か》りにでかけて野宿《のじゅく》をされた時に、従《したが》っていた柿本人麻呂《かきのもとのひとまろ》が作った長歌《ちょうか》（注1）に続く反歌《はんか》（注2）の一つです。その長歌には、軽皇子の父の日並皇子《ひなみしのみこ》が、かつて同じ安騎野で狩りをされた思い出を詠みこんでいるのです。日並皇子はすでに二十九歳の若さで、亡《な》くなっていました。

軽皇子ら一行は、安騎野で野宿をして夜も更《ふ》けていくのですが、人麻呂は父君とともに狩りをした昔のことが思い出されて、なかなか眠れない。そうしているうちに、朝を迎えようとして、ふと東の空を眺《なが》めるのです。すると曙《あけぼの》の光が野を染《そ》めている。振り返れば西の空に月は傾いている。人麻呂は不思議な心に満たされたのでしょう。時は移《うつ》って、亡くなった父君に代わって、若々しい軽皇子と今ここにいる。人の世は変わっても、宇宙は同じようにいとなみを続けていきます。

朝を迎え、気持ちもあらたに一行《いっこう》は、狩りに立っていくのでした。

このように、多くの雄大《ゆうだい》な和歌を詠んだ人麻呂は、のちに歌の聖《ひじり》とも呼ばれました。

《小柳》

10

田子《たご》の浦《うら》ゆ 打《う》ち出《い》でて見れば
真白《ましろ》にぞ 不盡《ふじ》の高嶺《たかね》に
雪《ゆき》は降《ふ》りける

山部赤人《やまべのあかひと》
（巻三・三一八）

口語訳

田子の浦を通ってそこから出て眺めてみると、ああなんと真っ白に、富士山の高い嶺《みね》の上に雪が降り積《つ》もっているよ。

《小柳》

解説

誰もが知っている、そして一度は見てみたい、日本一の富士の山。その高い嶺《みね》を眺《なが》め、真っ白に雪の降り積もった姿に感動して詠まれたのが、この歌です。山部赤人《やまべのあかひと》は万葉集を代表する歌人（和歌を詠む人）で、とくに自然の美しさを素晴らしい歌の数々に表現しました。赤人が東の地方に旅をしていく途中、駿河《するが》（現在の静岡県《しずおか》）の「田子の浦《たごのうら》」という入り江《いりえ》を過ぎた峠《とうげ》のあたりを歩いている時だと思われますが、富士山の雄大《ゆうだい》で美しい姿《すがた》が目の前に現《あらわ》れました。赤人はどれほど驚いたことでしょう。

実はこの短歌の前には、富士山を賛美《さんび》して詠まれた長歌《ちょうか》があり、遠く神代《かみよ》の時代から貴《とうと》ばれてきた富士山、太陽も月も隠れるほどに壮大《そうだい》で、一年を通して雪をかぶっている高い富士の嶺《みね》の姿をほめたたえ、これからも語り継《つ》いでいこうと歌っています。

「田子の浦ゆ《たごのうら》」の「ゆ」は、「……を通って」の意味。「真白にぞ《ましろ》」の「ぞ」は気持ちをこめて強調する語で、真っ白な雪への感動が伝わってきます。雪をかぶった富士山で、古代の人が旅をして眺《なが》めたのですから、季節はおそらく春だったのでしょう。清らかで堂々とした名歌で、のちに小倉百人一首《おぐらひゃくにんいっしゅ》にも採《と》られました。

若《わか》の浦《うら》に　潮《しほ(お)》満ち来《く》れば
潟《かた》を無《な》み　葦《あし》辺《べ》をさして
鶴《たづ》鳴《な》き渡《わた》る

山部赤人《やまべのあかひと》
（巻六・九一九）

口語訳

若の浦に潮《しお》が満ちてくると、干《ひ》潟《がた》がなくなるので、葦《あし》の茂《しげ》る岸辺をめざして、鶴《つる》の群れが鳴きながら渡《わた》っていくことよ。

解説

奈良時代の中期、秋の十月ころ、聖武天皇《しょうむてんのう》の行幸《ぎょうこう》（天皇が皇居《こうきょ》の外に旅されること）に従って、山部赤人《やまべのあかひと》が紀伊国《きいのくに》（現在の和歌山県）を旅したおりの歌です。

若の浦は、今では和歌の浦と呼ばれ、歌枕《うたまくら》（注1）として親しまれています。昔は日本全国に鶴《つる》が飛来《ひらい》したといわれていますが、若の浦にもたくさんの鶴がいたのでしょう。若の浦の海辺の干潟《ひがた》には、鶴のえさになる小魚《こざかな》がいて、鶴の群《む》れが集まっている。そこに潮が満ちてきて干潟《ひがた》がなくなると、鶴たちはいっせいに飛び立って、離れた葦《あし》の茂《しげ》る岸辺をさして、鳴きながら飛んでいくというのです。見上げる空に、鶴の群れがかん高い声をあげて翼《つばさ》を広げて飛んでいく姿を想像するだけで、気持ちが広々となっていくようですね。その声まで、聞こえてきそうです。

なお、「潟《かた》を無《な》み」のように、名詞《めいし》と「を」、形容詞《けいようし》と「み」をつなぐと、……が……ので、という意味になります。つまり「潟《かた》が無いので」ということ。歌の最後を「鳴《な》き渡《わた》る」と現在形で止めているので、今、目の前に鶴が飛んでいくさまが生き生きと感じられます。山部赤人は、このように自然の姿をくっきりと描《えが》き出した、名歌人《めいかじん》でありました。

《小柳》

卯《う》の花《はな》の咲《さ》き散《ち》る岡《おか》ゆ
霍《ほと》公《と》鳥《ぎす》鳴《な》きてさ渡《わた》る
君《きみ》は聞《き》きつや

詠《よ》み人《ひと》知《し》らず（注1）
（巻十・一九七六）

口語訳

卯《う》の花が咲いては散《ち》りゆく岡《おか》を、ホトトギスが鳴きながら渡っていきました。（その声を）あなたは聞きましたか。

解説

《白駒》

「卯《う》の花の咲《さ》き散《ち》る岡《おか》」とは、なんと美しい表現でしょう。卯の花は、ホトトギスが飛んでくる初夏のころには散り始めます。その卯の花が散りゆく岡を、ホトトギスが鳴きながら渡っていく――。物悲《ものがな》しい鳴き声は、まるで愛する人を恋《こ》い慕《した》うかのよう。作者は、自分の思いをホトトギスの声に重《かさ》ね、愛する人に優しくささやきます。「ホトトギスの鳴き声を、あなたは聞きましたか」

問いかけられた恋人は、自分の思いを返します。

「聞《き》きつやと君《きみ》が問《と(わ)》はせる霍公鳥《ほととぎす》　しぬぬに濡《ぬ》れてこゆ鳴《な》き渡《わた》る」（声を聞きましたかとあなたが問いかけたホトトギスは、しっとりと雨にぬれて、この空を鳴いて渡っていきましたよ）

相手の思いをしっかり受け止めたことが伝わる、優しさあふれる歌ですね。ホトトギスの羽《はね》をぬらす雨。その雨にうたれて、卯の花も散っていきます。その情景《じょうけい》に互《たが》いが心を寄《よ》せ、歌を詠《よ》み交《か》わすことで、二人の心は結《むす》ばれました。

この二首を詠んだのは、有名な歌人ではなく、名《な》もなき民《たみ》です。千数百年前の庶民がこのように美しい歌を交《か》わしていたことに、驚きと感動を覚《おぼ》えます。和歌の「和《わ》」には、「こたえる」という意味があるそうです。和歌には、相手の心にこたえ、和《わ》を大切にする伝統が息づいているのです。

かき霧《き》らし　雨《あめ》の降《ふ》る夜《よ》を
ほととぎす鳴《な》きてゆくなり
あは《（わ）》れその鳥《とり》

高橋虫麿《たかはしのむしまろ》
（巻九・一七五六）

口語訳

急に霧《きり》がたちこめて、雨が降り始めた夜を、ほととぎすが鳴きながら渡《わた》っていく。ああなんとあわれなその鳥よ。

《小柳》

解説

「ほととぎすを詠《よ》める一首」と題された長歌《ちょうか》のあとの反歌《はんか》です。ほととぎすは、うぐいすの卵《たまご》の中に産《う》み落とされ、うぐいすの親は何もわからずに、自分の子どもと思って温《あたた》め、卵をかえして育《そだ》てるそうです。「うぐいすの　卵《かひ(い)ご》の中《なか》にほととぎす　一人《ひとり》生まれて」から始まる長歌《ちょうか》は、次のように続きます。父《ちち》のうぐいすにも、母《はは》のうぐいすにも似《に》つかない声で鳴き、それでも卵《う》の花の咲《さ》く野辺《のべ》を飛び、橘《たちばな》の花を散らして、一日中鳴き続けている。そんなほととぎすに、遠くに行かずに、我が家にすみついていてほしい、と呼びかけるのです。

そのほととぎすが、霧《きり》のたちこめる雨の寒い夜にも、一羽声《いちわ》をあげて鳴き渡るさまを、「あはれ《(わ)》」と感じて詠《よ》んだのが、この反歌《はんか》なのです。「あはれ《(わ)》」とは、愛情や悲しみのこもった、何とも言えない感動の表現ですが、自分の父母をも知らずに育ったほととぎすに寄せる思いが、胸にしみわたるように見事《みごと》に詠まれています。

高橋虫麿《たかはしのむしまろ》は、浦島《うらしま》太郎などの民話《みんわ》を題材にして多くの歌を作った名手《めいしゅ》ですが、この歌にも、童話のような世界をこよなく愛した虫麿の特徴《とくちょう》がよく出ています。

14

銀《しろがね》も 黄金《くがね》も玉《たま》も
なにせむに まされる宝《たから》
子《こ》にしかめやも

山上憶良《やまのうえのおくら》
（巻五・八〇三）

口語訳

銀《しろがね》や黄金《こがね》のように高価《こうか》なもの、玉のようなきらびやかな宝物《たからもの》も、どうしようというのでしょうね、そんなものよりずっと勝《まさ》っている宝は、子どもたちですよ。これより素晴《すば》らしいものは、ないではありませんか。

《小柳》

解説

昔から、金《きん》や銀《ぎん》や玉《たま》などは宝物として、これを持っている人はうらやましがられていました。なぜといって、これらの宝物を持っていれば、ぜいたくな暮《く》らしができたからです。山上憶良《やまのうえのおくら》の周《まわ》りにも、そんな宝を持って喜んでいた人はたくさんいたでしょう。しかし憶良さんは、銀も金も玉も、そんなものがあってどうしようというのですか、と呼びかけるのです。宝物は、あればあったで、争《あらそ》いの種《たね》にもなったことでしょう。

そんなものより、もっと優《すぐ》れた宝物があるじゃないですか。それは、子どもたちですよ。可愛《かわい》らしくて、素直《すなお》で、生き生きとして元気いっぱいの子どもたちを見ていると、どんな大人《おとな》もみんな、嬉《うれ》しくなります。そんな気持ちを、憶良さんは歌にこめました。

憶良のこの短歌の前には、長歌がありますが、そこでは「瓜《うり》を食べては、子どもたちのことが思われ、栗《くり》を食べたらもっと思われる。ああ、目の前に子どもたちが現れて眠れないことだなあ」と詠《うた》っています。仕事で家に帰れなかった時に、家で待つ子どもたちが無性《むしょう》に愛《いと》おしく思われたのでしょうね。

山上憶良には、ほかにも貧《まず》しい人々、生活に苦しむ人々を詠《よ》んだ和歌がたくさんあります。そんな心の優《やさ》しい人だったのです。

磐《いは(わ)》代《しろ》の浜《はま》松《まつ》が枝《え》を
引《ひ》き結《むす》び ま幸《さき》くあらば
また還《かへ(え)》り見《み》む《(ん)》

有《あり》間《まの》皇《み》子《こ》
(巻二・一四一)

口語訳
磐代《いわしろ》(現在の和《わ》歌《か》山《やま》県《けん》日《ひ》高《だか》郡《ぐん》みなべ町《ちょう》)の浜にある松の枝《えだ》を結んだ。もしも祈《いの》りが通《つう》じて、運よく無事であったなら、また帰りにこの枝を見よう。

解説　《白駒》

今とは比《くら》べものにならないほど旅が危険《きけん》に満《み》ちていた時代、人々は松《まつ》の枝《えだ》を結んで旅の無事を祈《いの》りました。でもこの歌は、ただの旅の歌ではなく、亡くなった人を悲しみ悼《いた》む「挽歌《ばんか》」に分類されます。六五八年、有間皇子《ありまのみこ》は謀反《むほん》（君主《くんしゅ》に背《そむ》いて兵をおこすこと）の罪《つみ》に問われ、紀《き》の湯《ゆ》（和歌山県の白浜《しらはま》温泉）で静養《せいよう》中の斉《さい》明天皇《めいてんのう》と中大兄皇子《なかのおおえのおうじ》のもとに護送《ごそう》されました。その途中の磐代《いわしろ》で、有間皇子が自《みずか》ら傷《いた》んで（自分の運命《うんめい》を嘆《なげ》き悲しんで）詠んだといわれるのが、この歌です。

松が生《お》い茂り、砂浜の向こうには青い海原《うなばら》が広がる——。普通の旅なら心を和《なご》ませてくれるはずの美しい景色が、皇子《みこ》にはどのように映ったのでしょうか。

紀の湯で尋問《じんもん》を受けた有間皇子は、自分は全《まった》く知らない、ただ「天と赤兄《あかえ》（注1）と知る」と答えますが、再び都へ護送される途中、藤白坂《ふじしろのさか》（現在の和歌山県海南《かいなん》市藤白《ふじしろ》）で絞殺《こうさつ》されました。わずか十八年という、短い生涯でした。

運命を受け入れ、悲しく散った有間皇子に、後世、多くの歌が捧《ささ》げられました。その中から、山上憶良の歌を紹介します。「天翔《あまがけ》りあり通《かよ》ひ《（い）》つつ見《み》らめども人《ひと》こそ知《し》らね松《まつ》は知《し》るらむ《（ん）》」（あの方の魂は天空《てんくう》を駆《か》けめぐり、何度も通《かよ》ってこの松をご覧《らん》になっただろう。我々は気づかなくても、松は知っているのだろう。）

過酷《かこく》な歴史とともに、人々の優しい眼差《まなざ》しも万葉集は伝えてくれます。

16

春《はる》過《す》ぎて夏《なつ》来《きた》るらし
白妙《しろたへ(え)》の衣《ころも》ほしたり
天《あめ》の香《か》具《ぐ》山《やま》

持《じ》統《とう》天《てん》皇《のう》
（巻一・二八）

口語訳

春が過ぎて、もう夏がやって来たらしい。ほら、真《ま》っ白《しろ》い衣《ころも》が干《ほ》してあるよ、神聖な天《あめ》の香具山に。

解説

《白駒》

香具山《かぐやま》に白い衣《ころも》を干《ほ》すのは、初夏の風物詩《ふうぶつし》でした。目をつぶって想像してみましょう、青葉が照《て》り映《は》える香具山に真っ白な衣がひるがえっている、その鮮《あざ》やかなコントラストを。空の青、爽《さわ》やかな初夏の風、緑の香《かお》りまでもが感じられ、美しい歌の世界が無限《むげん》に広がっていきます。

「来《きた》るらし」「ほしたり」とはっきりと言い切っているさまが、引きしまった力強い印象を与え、さらに「天《あめ》の香具山《かぐやま》」と名詞で締《し》めくくることで、迫力《はくりょく》が増《ま》しています。堂々とした歌いぶりが魅力のこの歌、実は作者の持統天皇《じとうてんのう》は女性です。女性のしなやかな強さが、歌に表れています。この歌を声に出すと、気持ちがスーッと伸びやかになって、悩みが吹き飛ぶように感じられますね。

香具山は現在の奈良県橿原市《ならけんかしはらし》東部にある、高さ百四十八メートルの山ですが、「天《あめ》の」と付《つ》くように、「高天原《たかまがはら》にあった山が地上に降《ふ》ってきた」という伝説を持ち、特別な、神《かみ》の山として崇《あが》められてきました。その香具山に白い衣を干すのは、一説《いっせつ》には夏祭りの準備ともいわれています。祭りは、世の中が平和だからこそ開催できるんですよね。

もしかしたらこの歌は、「平和がずっと続きますように」という祈りを込めて、持統天皇が私たち未来の日本人へ送ってくれたエールなのかもしれませんね。

天《あめ》の海《うみ》に雲《くも》の波《なみ》立《た》ち
月《つき》の船《ふね》星《ほし》の林《はやし》に
漕《こ》ぎ隠《かく》る見《み》ゆ

柿本人麻呂歌集《かきのもとのひとまろかしゅう》
（巻七・一〇六八）

口語訳
天空《てんくう》の海《うみ》に雲《くも》の波《なみ》が立ち、月の船が、きらめく星の林を漕《こ》いでいきながら、やがて隠《かく》れるのが見えることよ。

解説

《白駒》

天《てん》を海に、雲を海に立つ波に喩《たと》えるセンスが、素敵《すてき》ですね。月の船（おそらく三日月《みかづき》を船に見立《みた》てたのでしょう）が、そこをゆっくりと滑《すべ》るように進んでいき、やがて満天《まんてん》の星の中に隠《かく》れていく——。今、目の前に広がる光景《こうけい》に想像《そうぞう》の翼《つばさ》を広げ、雄大《ゆうだい》に幻想的《げんそうてき》に歌い上げました。

暗《くら》く蒼《あお》い海に白い波頭《はとう》が浮《う》かび、ほのかに青白い月の光が優しく差《さ》し込《こ》む。星の林はあたかも金箔《きんぱく》を散《ち》りばめたかのよう。この歌を口ずさむと、心の中にまるで影絵《かげえ》のような美しい世界が広がり、自分の心がどんどん澄《す》んで美しくなっていくのを感じますね。

この歌は柿本人麻呂《かきのもとのひとまろ》歌集《かしゅう》に収《おさ》められ、人麻呂本人の作であろうといわれていますが、ここには「美」を大切にする日本人の感性が溢《あふ》れています。万葉人《まんようびと》にとって宇宙がこんなにも身近《みぢか》だったなんて、驚きですね。きっと彼らは、自分自身《ぶんじしん》が宇宙《うちゅう》の一部であることを感じながら、心豊《こころゆた》かに生きていたのでしょう。

せわしなく過ごす日々の中、私たちの視線はついつい下に向かいがち。そんな時こそスーッと深呼吸して、夜空を見上げてみませんか。万葉人《まんようびと》が見上げた夜空《よぞら》は、時代が変わっても、今も変わらずそこにあります。そして常《つね》に私たちを静かに見守ってくれているのです。

18

熟田津《にぎたづ》に　船乗《ふなの》りせむと
月待《つきま》てば　潮《しほ（お）》もかなひ《（い）》ぬ
今《いま》はこぎ出《い》でな

額田王《ぬかたのおおきみ》
（巻一・八）

口語訳

熟田津《にぎたづ》の港から、船に乗ろうとして月の光を待っていると、潮の流れも船出にちょうどよくなってきた。さあ、みんな、今から船を沖に漕《こ》ぎ出して出発しよう！

解説

《小柳》

紀元《きげん》六六〇年、朝鮮半島《ちょうせんはんとう》の百済国《くだらこく》は唐《とう》と新羅《しらぎ》の国に攻《せ》められ、日本に援《たす》けを求めてきました。斉明天皇《さいめいてんのう》（女帝《じょてい》）はその申し出を受け入れ、大軍《たいぐん》を率《ひき》いて何百艘《そう》もの船に乗せて出発し、瀬戸内海《せとないかい》を西に向かうのですが、その途中《とちゅう》、伊予《いよ》の熟田津《にぎたづ》（現在の愛媛《えひめ》県松山《まつやま》付近）に停泊《ていはく》しました。ここから先は波の荒い周防灘《すおうなだ》に向かいます。危《あぶ》ない船旅《ふなたび》ですから、数日間、良い天気と潮《しお》の流れを待ちました。

さて船出《ふなで》の時を待っていると、月の光は皓々《こうこう》として海を照《て》らし、早い潮の流れも、船出にはちょうどよい具合《ぐあい》になってきました。さあ出発だ、と船から船へ号令が伝えられるとともに、港から一斉《いっせい》に船が漕《こ》ぎ出します。なんと勇壮《ゆうそう》な船出でしょう。船を漕《こ》ぎ出す男たちの声も聞こえるようです。

この歌を声に出して読んでみてください。四句めの「潮《しほ（お）》もかなひ《（い）》ぬ」というところまで、待ちに待った心の高ぶりに続いて、一呼吸《ひとこきゅう》をおいて最後に「今《いま》はこぎ出《い》でな」と声高らかに出発するのです。この八字の字余《じあま》りの声調《せいちょう》の迫力《はくりょく》、力強いですね。

この歌を作ったのは、斉明《さいめい》天皇に仕えていた女官《にょかん》の額田王《ぬかたのおおきみ》と記《しる》されていますが、斉明天皇に代わって詠《よ》まれたものでしょう。

あかねさす紫野《むらさきの》行《ゆ》き
標野《しめの》行《ゆ》き野守《のもり》は見《み》ずや
君《きみ》が袖《そで》振《ふ》る

額田王《ぬかたのおおきみ》
（巻一・二〇）

口語訳

（茜《あかね》色の光に満《み》ちている）紫草《むらさきぐさ》が美しい野を行《い》き来《き》し、天皇の御《ご》料《りょう》地《ち》の野を行き来しながら、ああ、野を守る番人が見ていないでしょうか、あなたがそんなにも袖《そで》を振《ふ》っていらっしゃるのを。

《白駒》

解説

天智天皇《てんじてんのう》が盛大な薬猟《くすりがり》を催《もよお》しました。季節は初夏、場所は琵琶湖《びわこ》東岸の蒲生野《がもうの》（現在の滋賀県東近江市《しがけんひがしおうみし》西部、及び近江八幡市《おうみはちまんし》東部あたりと考えられる）。そこは紫草《むらさきぐさ》が生《は》える美しい野（紫野《むらさきの》）であり、天皇の御料地《ごりょうち》として保護《ほご》され、その標《しるし》が立てられた「標野《しめの》」でもありました。野《の》を行《い》き来《き》しながら男性は薬用《やくよう》の鹿《しか》の角《つの》を獲《と》り、女性は薬草《やくそう》を摘《つ》みます。まさに大人《おとな》のピクニック、彼らは非日《ひにち》常《じょう》の解放感《かいほうかん》を存分《ぞんぶん》に味《あじ》わったことでしょう。

額田王がふと見ると、かつての恋人・大海人皇子《おおあまのおうじ》が袖《そで》を振《ふ》っているではありませんか。万葉人《まんようびと》は袖を振って相手の魂《たましい》をこちらに招《まね》こうとした、つまり袖を振るのは求愛《きゅうあい》のしぐさであり、その姿を標野《しめの》の番人が見ているかもしれないのです。番人とは野《の》を守る衛兵《えいへい》か、それとも彼女の夫・天智天皇なのか――。大海人皇子は天智天皇の弟ですから、なんともドラマチックですね。

「あかねさす紫野《むらさきの》」とは、なんと艶《あで》やかなのでしょう。「紫野行《むらさきのゆ》き標野行《しめのゆ》き」と畳《たた》みかけることで躍動感《やくどうかん》が、「野守《のもり》は見《み》ずや」で緊張感が、「君《きみ》が袖振《そでふ》る」からは、大海人皇子の男らしさと作者の複雑な胸中《きょうちゅう》が伝わります。皇子の行為《こうい》をたしなめながらも、女心《おんなごころ》はどこかちょっぴり嬉《うれ》しくて、高鳴《たかな》る心を抑《おさ》えきれません。まるで名作映画を見るように、読者は額田王に心を重ねていくのです。

紫草《むらさき》のにほ《(お)》へ《(え)》る妹《いも》を
憎《にく》くあらば人妻《ひとづま》ゆゑ《(え)》に
われ恋《こ》ひ《(い)》めやも

大海人皇子《おおあまのおうじ》
（巻一・二一）

口語訳

紫の花が匂《にお》い立つように美しいあなた――。そのあなたを、もし憎《にく》いと思っているのなら、人妻であるあなたに、私はどうして恋《こい》したりなどするでしょうか、いや、恋したりはしない（憎くないからこそ、あなたを恋《こ》い慕《した》うのです）。

解説　《白駒》

前頁《ぜんページ》の額田王《ぬかたのおおきみ》の歌に対する大海人皇子《おおあまのおうじ》の返歌《へんか》も、艶《あで》やかで美しく、その堂々たる調べは多くの人を魅了してきました。「紫草《むらさき》のにほ《(お)》へ《(え)》る妹《いも》」という表現は、額田王の「紫野行《むらさきのゆ》き」と対《つい》になっているだけでなく、彼女の高貴《こうき》な美しさをも象徴《しょうちょう》しています。美貌《びぼう》に加え、内面から溢《あふ》れ出る人間性、豊《ゆた》かな教《きょう》養《よう》、女性としての品格《ひんかく》――。古来《こらい》、最《もっと》も高貴な色とされてきた「紫」は、額田王のイメージそのものであり、大海人皇子はそんな彼女に、愛《いと》おしさと憧《あこが》れを抱《いだ》き続けたのでしょう。その思いは、額田王が天智天皇《てんじてんのう》に召《め》され、手の届かない存在になってしまったことで、ますます募《つの》っていったのかもしれません。

結句《けっく》の「やも」は「反語《はんご》」で、「〜しようか、いや〜しない」という強調の意味。「あなたを憎いと思っているなら、私はどうして恋したりするでしょうか、いや恋したりしない」という表現の裏《うら》には、「あなたがどうしようもなく好きなのです」という強い思いが隠《かく》されています。なんとも情熱的ですね！

でも実はこの二首、恋の歌でなく種々《くさぐさ》の歌「雑歌《ぞうか》」に含まれることから、薬《くすり》猟《が》りの後に開かれた宴会《えんかい》でのパフォーマンスと考える説が有力です。もしそれが史実《しじつ》なら、二人の紡《つむ》ぎ出す歌物語《うたものがたり》に、さぞ宴《うたげ》は盛《も》り上がったことでしょう。即興《そっきょう》でその場の空気を最高潮《さいこうちょう》にできる二人は、まさに万葉のスターですね。

21

古《いにしへ(え)》に恋《こ(う)》ふる鳥《とり》かも
ゆづるはの 御井《みゐ(い)》の上《うへ(え)》より
鳴《な》き渡《わた》り行《ゆ》く

弓削皇子《ゆげのみこ》
（巻二・一一一）

口語訳

過ぎ去った昔のことを、恋しく思う鳥だろうなあ。ゆずりはの木の茂《しげ》る御井《みい》（神聖《しんせい》な泉《いずみ》）の上から、鳴きながら空を渡って行っているよ。

《小柳》

解説

弓削皇子《ゆげのみこ》は、壬申の乱《じんしんのらん》（注1）ののちに我が国を統治《とうち》した天武天皇《てんむてんのう》の第九皇子《おうじ》ですが、若い時代の天武天皇と愛情を交わした額田王《ぬかたのおおきみ》（前出）とも親交《しんこう》があったようで、この歌の詞書《ことばがき》（歌の前に記された前書き）には、弓削皇子が吉野《よしの》の宮に行かれた時に、額田王に贈《おく》った歌と記《しる》されています。吉野は、かつて壬申《じんしん》の乱のおりに天武天皇とその一族がこもっていた思い出深いところ。すでに天武天皇が崩御《ほうぎょ》（天皇が亡《な》くなられること）されたあとでしたので、弓削皇子はさまざまな思いで吉野に滞在《たいざい》されたことでしょう。

歌は、神聖《しんせい》な泉が湧《わ》くという吉野の御井《みい》で詠《よ》まれたもの。「一羽《わ》の鳥が鳴きながら泉の上を飛び立って行った。あの鳥はどこに行ったのだろう。きっと過ぎ去った昔を思い出し、恋しく慕《した》いながら飛んで行ったのだろうな」と、鳴く鳥の声に、自分の思いを乗せたのでありましょう。

この歌に続いて、額田王は次の歌で答えました。

古《いにしへ（え）》に恋《こ（う）》ふらむ《（ん）》鳥は ほととぎす けだしや鳴《な》きし わが思ふ《（う）》ごと

「昔を恋しただろうという鳥は、ほととぎすでしょう。きっと鳴いたんでしょうね、ちょうど私が恋しく思うように」と。こうして、若い弓削皇子と年齢《ねんれい》を経《へ》た額田王は、昔を恋しく思い出しながら歌を詠み交《か》わしたのでした。

あしひきの山《やま》のしづ《(ず)》くに
妹《いも》待《ま》つと我《わ》が立《た》ち濡《ぬ》れぬ
山《やま》のしづ《(ず)》くに

大津皇子《おおつのみこ》
（巻二・一〇七）

口語訳

（あしひきの）山のしずくに、恋する人を待っていると、私は立ったままで濡《ぬ》れてしまったことですよ、山のしずくに。

解説　《小柳》

大津皇子《おおつのみこ》は天武《てんむ》天皇の第三皇子で、身体は丈夫《じょうぶ》で学問《がくもん》を好み、漢詩文《かんしぶん》にも優《すぐ》れて将来を望まれていました。しかし天武天皇亡《な》きあと、天皇の位《くらい》をめぐって謀反《むほん》の疑いをかけられ、死罪《しざい》に処《しょ》せられるという悲劇的《ひげきてき》な人生を送られたことで有名です。

その大津皇子が恋した相手、石川郎女《いしかわのいらつめ》に贈《おく》ったのがこの歌です。「あしひきの」は山にかかる枕詞《まくらことば》。「妹」は恋人や妻のこと。雨上がりの山だったのでしょうか、あるいは霧《きり》が立ちこめていたのかもしれません。恋人を待っていると、木の葉のしずくが落ちてくる。足もとの草も濡《ぬ》れていたでしょう。それでもじっと立ちながら待っていると、やがて衣服《いふく》も濡れてきてしまった。ああ、山のしずくに濡れながら、私はあなたを待っていますよ、との心を贈ったのです。繰《く》り返す「山のしづ《(ず)》くに」が美しい調べとなって胸にせまってきます。

この歌を受けて、石川郎女は次の歌で返しました。

吾《あ》を待《ま》つと君が濡《ぬ》れけむあしひきの山のしづ《(ず)》くにならましものを

「私のことを待ってくださって、あなたが濡れてしまったという、その山のしずくに、私はなりたいものですよ」と。なんと愛情のこもった歌のやりとりでしょう。

この夕《ゆふ(う)べ》降《ふ》りくる雨《あめ》は
彦星《ひこぼし》の早漕《はやこ》ぐ舟《ふね》の
櫂《かひ(い)》の散《ち》りかも

詠《よ》み人《ひと》知《し》らず
（巻十・二〇五二）

口語訳
この七夕《たなばた》に降《ふ》る雨は、彦星《ひこぼし》が急《いそ》いで漕《こ》いでいる舟の櫂《かい》のしずくが散っているのだろうか。

解説　《白駒》

七夕《たなばた》のスペクタクルに、胸《むね》をときめかせる人々。それなのに、無情《むじょう》の雨――。みんながっかりしたはず。にもかかわらず、このような歌を詠むなんて、大らかですね。そして優しいですよね。作者が彦星《ひこぼし》と織姫《おりひめ》の二人に送る声援までもが聞こえてきそうです。

「夕《ゆふ(う)べ》」とは、ちょうど日が暮れた頃《ころ》を指します。誰《た》そ彼《かれ》（黄昏《たそがれ》）、夕《ゆふ(う)べ》、宵《よひ(い)》、夜半《よは(わ)》、明《あ》か時《とき》（暁《あかつき》）、曙《あけぼの》、朝《あした》……暮《く》れ方《がた》から明《あ》け方《がた》にかけての時の移り変わりを、古代の日本人はこんなにも風情《ふぜい》豊かな言葉で表現したのです。

太陰暦《たいいんれき》（注1）が用《もち》いられた時代、七夕の夜に浮かぶのは必ず上弦《じょうげん》の月でした。それを舟に見立て、月の舟に乗った彦星が、一年に一度、織姫に会いに天《あま》の川《がわ》を渡っていくと、人々は空想したんですね。ところが今年は織姫のもとへ急ぐあまり、彦星が一生懸命《いっしょうけんめい》オールを漕《こ》ぐので、その水しぶきが雨になっているのかなぁと、作者は雨空《あまぞら》を仰《あお》ぎながら思いをめぐらせます。電気のない時代だからこそ、月や星の光は、今《いま》以上に人々の想像力をかきたてたのでしょうね。

雨を嘆《なげ》いても、誰かを責《せ》めても、事態《じたい》は変わらないし、誰《だれ》も得《とく》しません。でも、こうやって優しい眼差《まなざ》しを相手に向けることで、相手が輝き、自分自身もちょっぴり幸せになれることを、この歌は教えてくれているようです。

24

夏《なつ》の野《の》の茂《しげ》みに咲《さ》ける
姫百合《ひめゆり》の知《し》らえぬ恋《こひ(い)》は
苦《くる》しきものぞ

大伴坂上郎女《おおとものさかのうえのいらつめ》
（巻八・一五〇〇）

口語訳

夏の日差《ひざ》しが照《て》りつける、青々《あおあお》とした夏草の野に、ただ一輪《いちりん》、可憐《かれん》な赤い花を咲かせている、姫百合。その姫百合《ひめゆり》の花のように、ひっそりと誰《だれ》にも知られることもなく恋をしているのは、苦しいものです。

解説

「知《し》らえぬ恋《こい》」とは、相手に届かない片思いのことでしょうか、それとも人には言えない秘密の恋なのでしょうか。どちらにしても、そのような恋はとても苦しくて辛《つら》いもの。そんな苦しい恋の象徴に姫百合《ひめゆり》を選んだ作者は、なんと繊《せん》細《さい》で優美《ゆうび》な感性を湛《たた》えているのでしょう。ひっそりと目立たずに、でも背筋《せすじ》を伸《の》ばし上を向いて咲く姫百合のように、たとえ誰に知られることはなくても、それがどんなに苦しくても、作者は誇《ほこ》りと情熱《じょうねつ》を胸《むね》に宿《やど》し、恋に生きるのです。「秘《ひ》める」にも通じる「姫百合《ひめゆり》」という言葉の響き、可憐に気高《けだか》く美しく咲き誇る姿、そして情熱を思わせる赤い色――。姫百合は、まさに恋する乙女《おとめ》そのもの。時代を超えて多くの女性が経験してきた恋の苦しさという共通の思いを、これほど鮮《あざ》やかに表現した歌人は、他《ほか》にいないのではないでしょうか。

名門・大伴《おおとも》家に生まれた坂上郎女《さかのうえのいらつめ》は、二度の結婚を経験しましたが、二人の夫とは結婚生活も短く、死《し》に別れるという、数奇《すうき》な運命をたどります。そして、その後の長い独身生活でさまざまな恋を経験したことで、彼女は輝きを増し、女性では最も多い八十四首を万葉集に残しました。坂上郎女の豊かで細やかな感性と類稀《たぐいまれ》な表現力は、やがて甥《おい》であり、娘婿《むすめむこ》でもある大伴家持《おおとものやかもち》に受け継がれ、花開《はなひら》いていくのです。

いざ子《こ》ども早《はや》く日本《やまと》へ
大《おほ(お)》伴《とも》の御《み》津《つ》の浜《はま》松《まつ》
待《ま》ち恋《こ》ひ(い)ぬらむ(ん)

山上憶良《やまのうえのおくら》
（巻一・六三）

口語訳

さあみんな、早くやまとへ帰ろう。大伴《おおとも》の御津《みつ》の浜辺の松も（そして愛《いと》しい妻《つま》や子も）、きっと我《われ》らを待《ま》ちこがれているだろうから。

解説　《白駒》

「いざ子《こ》ども」という年少者（ここでは下級の役人を意味する）への呼びかけ、さらに「日本」の文字が使われている点が、とても印象的ですね。大宝《たいほう》二（七〇二）年に遣唐使として大陸に渡った山上憶良《やまのうえのおくら》が、数年間の滞在ののちに、帰国を目前にして詠んだ歌といわれています。もうすぐ故郷《ふるさと》の日本へ、家族のもとへ帰れるという、弾《はず》むような気持ちが伝わってきますね。この喜びを、下級の役人たちと分かち合うところに、憶良の優しさが表れています。

「御津《みつ》」は難波《なにわ》の港（現在の大阪港）のことで、遣唐使船はここから出航《しゅっこう》しました。この地域が大伴氏《おおともし》の領地だったので、「大伴《おほ(お)とも》の御津《みつ》」と呼ばれます。

遣唐使は、唐の最新技術や文化を学ぶために派遣《はけん》されましたが、この時は特別な役割を担《にな》っていました。それは、大宝律令《たいほうりつりょう》という法律を制定《せいてい》し国《くに》のカタチを整《ととの》えた今、古代中国から与えられた「倭国《わこく》」という呼称《こしょう》を改め、国名《こくめい》を「日本《にっぽん》」とすると宣言《せんげん》することです。独自《どくじ》の国名を宣言することは、独立国として大きな意味がありました。憶良は「やまと」を「日本」と表記することで、国名に込めた熱《あつ》い思いと大役を果たした誇りを高らかに歌い上げたのでしょう。

日本とは、「ひのもとの国＝太陽が命の源《みなもと》である国」という意味です。そこには、私たちの命の源に対する深い感謝が溢《あふ》れているのです。

26

秋《あき》の野《の》に咲《さ》きたる花《はな》を指折《およびを（お）》り かき数《かぞ》ふ《（う）》れば
七種《ななくさ》の花《はな》

山上憶良《やまのうえのおくら》（巻八・一五三七）

萩《はぎ》の花《はな》 尾花《おばな》 葛花《くずばな》 瞿麦《なでしこ》の花《はな》 女郎花《を（お）みなへ（え）し》
また藤袴《ふじばかま》 朝貌《あさがほ（お）》の花

（巻八・一五三八）

口語訳

秋の野に咲いている花を指折《ゆびお》り数《かぞ》えてみれば、七種類の花があり。それは萩《はぎ》、尾花《おばな》（ススキのこと）、葛《くず》、撫子《なでしこ》、女郎花《おみなえし》、藤袴《ふじばかま》、朝顔《あさがお》の花（朝顔は現代の桔梗《ききょう》のことではないかといわれている）。

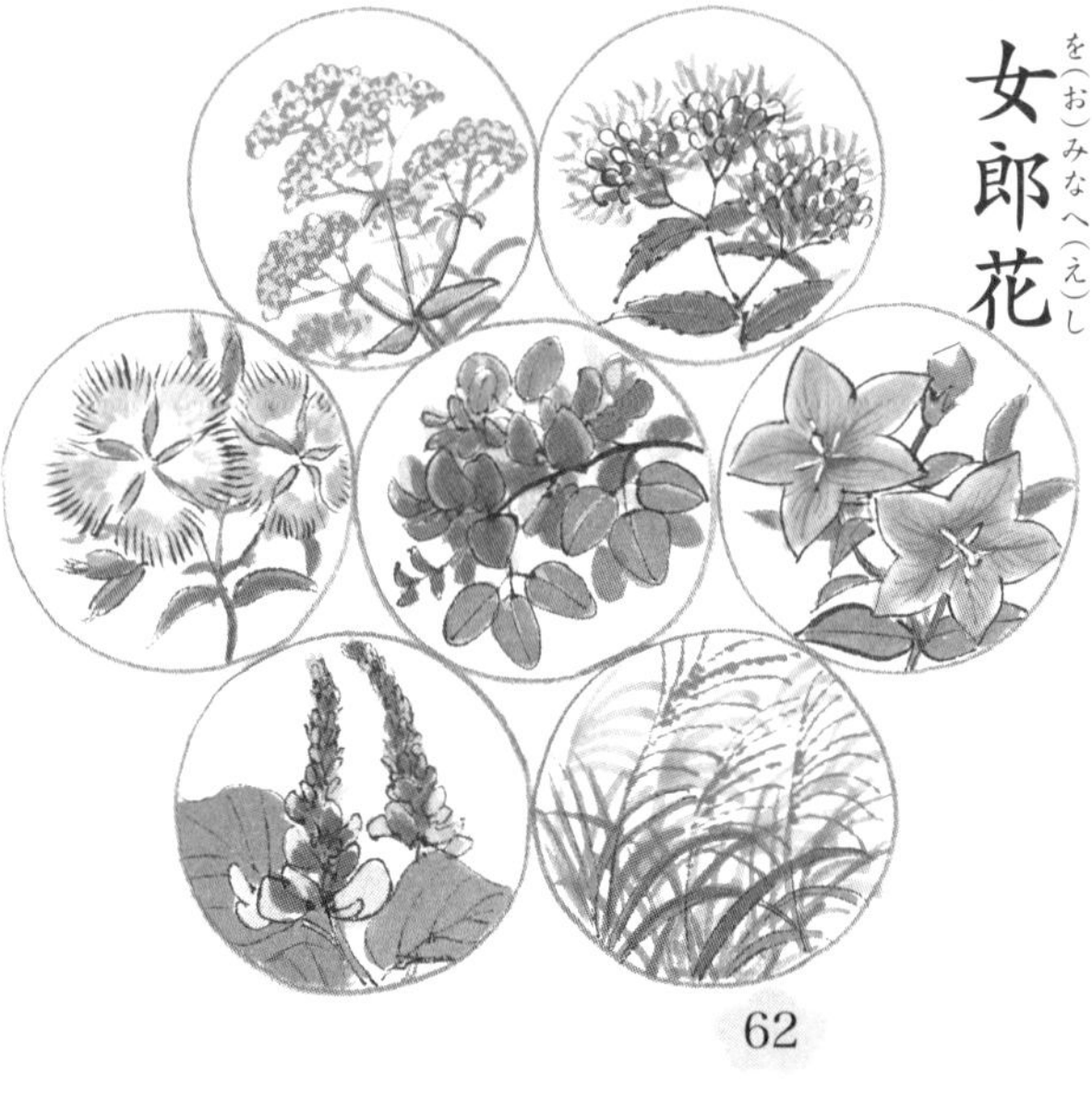

解説《白駒》

一首目は短歌で、二首目は「五七七五七七」の旋頭歌《せどうか》と呼ばれる形式をとっています。私たち日本人が春の七草《ななくさ》と並んで親しんできた「秋の七草」は、この憶良《おくら》の二首が出典《しゅってん》なんですね。春の七草はお粥《かゆ》に入れて食べますが、秋の七草はお月見《つきみ》のお供《そな》えや飾《かざ》りなどに使われ、見る人の心を和《なご》ませてきました。

最後の「朝貌《あさがほ(お)》」は、桔梗《ききょう》のことではないかといわれています。万葉集には「朝顔は夕方に咲くのが見事」という歌があり（注1）、現代の朝顔の特徴《とくちょう》とは明らかに違う上に、平安時代に書かれた漢和辞典《かんわじてん》の「桔梗」の項に、阿佐加《あさが》保《ほ(お)》と読み仮名《がな》が振《ふ》られている例もあるからです（注2）。

それはさておき、この二首は目の前の光景をそのまま言葉にしただけなのに、なぜこんなにも楽しさが伝わってくるのでしょうか。私はこんな想像を巡《めぐ》らせています。一首目の「指折《およびを(お)》り」は、子どもたちへの呼びかけ。晩年の憶良が野に遊ぶ子らに、秋を代表する草花を教えてあげようと歌を詠んだ。そう考えると、二首目の「また」は、指を折り数えていき、五本の指になったところでもう一方の手に替《か》えて――。そんな憶良の細《こま》かい動きまで目に浮かびます。

自然とともに生き、動植物や幼子《おさなご》といった小さな命を大切に慈《いつく》しむ日本人。そんな日本人を代表する憶良の感性が、この二首にあふれていますね。

夕《ゆふ(う)》月《づく》夜《よ》 心《こころ》もしぬに
白露《しらつゆ》の 置《お》くこの庭《にわ》に
こほ《(お)》ろぎ鳴《な》くも

湯《ゆ》原王《はらのおおきみ》
（巻八・一五五二）

口語訳

月のあらわれたこの夕暮《ゆうぐ》れ、心もしっとりとしている時に、白露が置いているこの庭に、こおろぎが鳴いていることだなあ。

《小柳》

解説

「夕月夜《ゆふ(う)づくよ》」とは、なんと美しい言葉でしょう。秋の宵《よい》に現れた月が、暮《く》れてゆく夕空をほんのりと照《て》らしているさまが目に浮かぶようです。「しぬに」というのは、心がしおれるように物《もの》悲しいさま。月のほのかな光に照らされて、庭の草木におりた露《つゆ》が白く見える、その様子を「白露《しらつゆ》の置《お》く」という言葉に表した、昔の人の心の豊かさにも胸をうたれますね。「鳴《な》くも」の「も」は、「かも」と同じように感動を表します。

作者である湯原王《ゆはらのおおきみ》は、最初にあげた志貴皇子《しきのみこ》の王子であり、この歌はまだ若いころの作と思われますが、もの悲しい口々のなかにあって、暮れてゆく我が家の庭をじっとながめていたのでしょう。その時に、秋の虫のこおろぎが、草むらでコロコロと鳴いているのです。美しく清らかで、かぼそいその声に耳をかたむけながら、王は虫と心を一つにするような気持ちにさそわれたのではないでしょうか。こおろぎの声に、悲しみも少しばかり和らぐ思いがします。

秋の夕暮れの景色《けしき》の中で、短い命を生きる虫たちと心を通わせる。こんなにも繊細《せんさい》で優《やさ》しい心を、美しい言葉として歌に詠み、永遠《えいえん》に伝えているのが万葉集の素晴らしいところです。

28

月読《つくよみ》の 光《ひかり》に来《き》ませ
あしひきの 山《やま》を隔《へだ》てて
遠《とお》からなくに

湯《ゆ》原王《はらのおほ(お)きみ》
（巻四・六七〇）

口語訳

月の光をたよって、ここまでおいでくださいな。途中の山を間に隔ててはいても、山道はそんなに遠くではありませんからね。

《小柳》

解説

「月読《つくよみ》」とはお月様のことですが、人々は昔から月には神様が宿ると感じ、日本神話では「月読命《つくよみのみこと》」という神様の名前で登場しています。「あしひきの」は、「山」や「峰」にかかる枕詞《まくらことば》で、特別の意味はないのですが、山のすそ野が長く引いているところから名付けられたのでしょう。「来《き》ませ」は、来てくださいい、「遠《とお》からなくに」は、遠いということではないのに、という意味の古い言葉ですが、どちらも優しい声の響きが聞こえてくるようです。

愛する相手に呼びかけて、美しい月夜の晩、月の光に照らされた山道をたどって遊びにきてほしいな、と早く会いたい気持ちを届けたのです。おそらく満月だったのでしょう。この歌を作ったのは、男性である湯原王《ゆはらのおおきみ》となっているのですが、実は王が女の人の心になって作ったものだろうと思われます。夜の山道を、女性が一人で歩いていくのは、いくら月が明るいといっても危ないですからね。昔から、夜訪ねていくのは、ほとんど男性でした。

それにしても、こんなにも優しく熱い思いで呼びかけを受けると、相手の人はとても嬉しかったことでしょう。でも万葉集では、この歌に続いて、誘いを受けながらも戸惑《とまど》っている相手の心が歌われています。人の心とは、ゆれ動くものだ、ということも、これらの歌は教えています。

淡海《あふ(おう)み》の海《うみ》 夕波《ゆふ(う)なみ》千鳥《ちどり》
汝《な》が鳴《な》けば 情《こころ》もしぬに
古《いにしへ(え)》 思《おも》ほ《(お)》ゆ

柿本《かきのもとの》人《ひと》麻呂《まろ》
（巻三・二六六）

口語訳
この広々とした近江《おうみ》の湖《みずうみ》、琵琶湖《びわこ》に夕日がさして美しく輝く波の上を、たくさんの千鳥《ちどり》が鳴きわたっていく。おまえたちがそんなに鳴くと、私の心もしっとりと物《もの》悲しくなり、昔のいろんなことが思い出されてくるんだなあ。

《小柳》

解説

「淡海《あふ(おう)み》の海《うみ》」とは、滋賀《しが》県の中心である日本最大の湖《みずうみ》、琵琶湖《びわこ》のことです。かつて琵琶湖の西南の岸には、飛鳥《あすか》時代に天智天皇《てんじてんのう》が造られた都《みやこ》、近江大津宮《おうみおおつのみや》（近江京《おうみきょう》ともいう）がありました。しかし天智天皇が崩御《ほうぎょ》（天皇が亡くなること）されると内乱《ないらん》（壬申の乱《じんしんのらん》）が起こり、わずか五年で都《みやこ》は失われたのです。柿本《かきのもとの》人麻呂《ひとまろ》はそれから数十年ののちに、昔は栄えていたのにすでに廃墟《はいきょ》となっていた近江《おうみ》の都を訪《たず》ね歩き、琵琶湖のほとりでこの和歌を詠んだのでした。

広々とはてしない湖を眺《なが》めていると、夕日が湖の面《おもて》を照らし、さざ波が美しく輝いていたのでしょう。その波の上を、チチチチと鳴きながら千鳥《ちどり》の群《む》れが渡っていく。「夕波千鳥《ゆうなみちどり》」という言葉は、おそらく人麻呂が造ったのでしょうが、なんと美しく優雅《ゆうが》な言葉なのでしょう。

「汝《な》が鳴《な》けば」の「汝《な》」とは、お前たちよ、という親しい呼びかけ。鳥に対しても、同じくこの世に生きるものへの情愛を感じているのです。波の上を鳴き渡る千鳥の声に、ますます物悲《ものがな》しさが増していく。そして、多くの人々が争い、亡《な》くなっていったという悲しい歴史をはるかに偲《しの》びながら、人麻呂は旅を続けていくのでした。

30

天離《あまざか》る 夷《ひな》の長道《ながぢ（じ）》ゆ
恋《こ（い）》ひ来《く》れば 明石《あかし》の門《と》より
大和島《やまとしま》見《み》ゆ

柿《かきのもとのひと》本人麻呂《まろ》
（巻三・二五五）

口語訳
空遠く離《はな》れた地方の田舎《いなか》から、長い道のりを恋しく思いながらたどって来ると、明石《あかし》の海峡《かいきょう》から、懐《なつ》かしい大和の国の島が海のかなたに望まれることよ。

《小柳》

解説

歌人である柿本人麻呂《かきのもとのひとまろ》の代表的な歌の一つです。人麻呂は、官命《かんめい》（中央の役人からの命令）によって西国《さいごく》の地方に赴任《ふにん》していましたが、ようやくその任を終えて、懐《なつ》かしい大和《やまと》に帰ることとなったのでしょう。「天離《あまざか》る夷《ひな》」とは、都《みやこ》から遠く離《はな》れた地方の土地のこと。当時の古代の人々にとって、地方の暮らしは今よりもずっと寂《さび》しいものだったでしょう。親しい人と離れ、便《たよ》りもめったになく、生活に不安もあったに違いありません。その地方からようやく都に帰ることができる。その喜びを胸に、長く険《けわ》しい道のりを、船路《ふなじ》をたどって瀬戸内海《せとないかい》を上ってきたのでしょう。恋しい気持ちをいっぱいにして。

すると、淡路島《あわじしま》の北側《きたがわ》、明石《あかし》の海峡《かいきょう》（昔は「明石の門《と》」と呼びました）を過ぎたあたりから、海のかなたの東方《とうほう》に陸地《りくち》がうっすらと見えてくるのです。おお、大和の島山が見えるぞ。嬉《うれ》しさにあふれた心が、伸《の》び伸びとした調べで歌われています。大和言葉《やまとことば》の美しさが満ちた素晴らしい歌ですね。

かつて飛行機のないころ、海外《かいがい》に出た人たちは船で日本に帰ってきました。船の上から、大洋のかなたに日本の陸地が見えた時、みんなが涙したと聞きます。まことに大和の島はわたしたちの故郷《ふるさと》なのです。

31

巨勢山《こせやま》のつらつら椿《つばき》
つらつらに見《み》つつ思《しの》は《（わ）》な
巨勢《こせ》の春野《はるの》を

坂門人足《さかとのひとたり》
（巻一・五四）

口語訳
巨勢山《こせやま》の、つらつらと連《つら》なった椿《つばき》の木々をつくづくと見ながら、偲《しの》ぼうよ。巨勢の春の野の景色《けしき》を。

《白駒》

解説

「つらつら椿《つばき》つらつらに見《み》つつ」と、まるで早口言葉のような「つ」の連続、初句《しょく》と結句《けっく》で繰り返される「巨勢《こせ》」。何ともリズミカルな、口ずさむだけで楽しい歌ですね。日本語は、オノマトペ（物の音や声などを表す擬音語《ぎおんご》、物事の状態や様子などを音声として表現する擬態語《ぎたいご》など）が大変豊かです。そんな日本語の豊かさと作者の遊び心を、まずは味わってみましょう。

　この歌は、大宝《たいほう》元（七〇一）年秋、持統天皇《じとうてんのう》が譲位《じょうい》されて太上《だじょう》天皇（注1）となり、孫の文武《もんむ》天皇を伴って紀伊国《きいのくに》（現在の和歌山県）に行幸《ぎょうこう》（注2）した折に、椿《つばき》の名所である大和《やまと》の巨勢（現在の奈良県御所市巨勢《ごしょしこせ》）で、同行した坂門人足《さかとのひとたり》が詠みました。この歌を口ずさめば、道いっぱいに連なって咲く赤い大きな椿《つばき》の花が、自然と心に浮かびます。しかし季節は秋ですから、実際は彼らに椿の花は見えません。万葉人《まんようびと》は、目の前に花がないことを嘆《なげ》くのではなく、つややかな緑の葉から鮮やかに咲き誇る椿を思い描き、心を浮き立たせたのですね。

　巨勢は、都《みやこ》と吉野（現在の奈良県南部の丘陵地《きゅうりょうち》）を結ぶ通り道にあります。かつて夫の天武天皇と共《とも》に、最も苦しい時期をお過ごしになった吉野。その思い出の地に、持統天皇は三十二回も行幸しました。春まだ浅い時期に寒さに負けず美しい花を咲かす椿は、天皇にとって未来の希望だったのかもしれませんね。

32

二人《ふたり》ゆけど行《ゆ》き過《す》ぎがたき
秋山《あきやま》をいかでか君《きみ》が
独《ひと》り越《こ》ゆらむ

大伯皇女《おおくのひめみこ》
（巻二・一〇六）

口語訳

二人で行ってさえも越《こ》え難《がた》い秋の山を、どのようにして愛《いと》しいあなたは独《ひと》りで越えているのでしょう。

《白駒》

解説

姉が弟に捧《ささ》げた、美しくも悲しい歌です。大伯皇女《おおくのひめみこ》と大津皇子《おおつのみこ》は、天武天皇《てんむてんのう》を父に、天智天皇《てんじてんのう》の娘・大田皇女《おおたのひめみこ》を母に持つ、実《じつ》の姉弟《してい》です。母を早くに亡くした二人は、常《つね》に助け合って生きてきました。美しく聡明《そうめい》な姉は十四歳で伊勢《いせ》神宮《じんぐう》の斎宮《さいぐう》（注1）となり、才能に恵《めぐ》まれた二つ下の弟は、周囲から将来を期待されました。しかし、その優秀さが災《わざわ》いしたのでしょうか。天武天皇が亡くなるとすぐに、大津皇子は謀反《むほん》の疑いで捕《と》らえられてしまいます。

その少し前、皇子《みこ》は秘《ひそ》かに伊勢の地に姉を訪《たず》ねました。姉弟はいったい何を語らったのでしょうか。二人で行っても辛《つら》く心細《こころぼそ》い秋の山道を、愛《いと》しい弟が独《ひと》りで帰っていく――。山道は険《けわ》しい上に寒さも迫《せま》り、皇子の運命を暗示《あんじ》しているかのようです。独りで帰すしかない、深い悲しみの中で、ただただ弟の身を案《あん》じ、祈り続ける姉。その切《せつ》なる思いが、胸を打ちます。

大津皇子は都へ帰ると、死を賜《たまわ》りました。時に大津皇子、二十四歳、その辞《じ》世《せい》の歌が伝わっています。「百伝《ももつた（う）》ふ磐余《いは（わ）れ》の池《いけ》に鳴《な》く鴨《かも》を今日《けふ（きょう）》のみ見《み》てや雲隠《くもがく》りなむ」（磐余《いわれ》の池に鳴く鴨《かも》を見るのも今日を最後に、私は命を終えていくのだろうか。）

やがて斎宮の役目を解《と》かれ都に戻った姉は、弟の死を知るのです。万葉集は、喜びも悲しみも、時には苛酷《かこく》な歴史も、ありのままを私たちに伝えてくれます。

わたつ海《み》の 豊旗雲《とよはたぐも》に
入《い》り日《ひ》さし 今夜《こよひ(い)》の月夜《つくよ》
清明《あきらけく》こそ

中大兄皇子《なかのおほえのおうじ》
（巻一・一五）

口語訳
神々《こうごう》しいほどの海上の、豊かにたなびく雲に、入り日が差して輝《かがや》いている。今夜《こんや》、空を照《て》らす月は、きっと清らかで明るいだろうよ。

解説　《小柳》

夕日が沈《しず》むころ、海上の空にたなびく雲を眺《なが》めながら、きっと今夜は晴れて明るい月が出るだろうという、期待をこめた歌でしょう。海と空の壮大《そうだい》な景色《けしき》が広がっていくような、さわやかな名歌《めいか》です。最初の「わたつみ」とは、海の神様をさしますが、海そのものでもあります。目の前に広がる夕暮《ゆうぐ》れの海は、きっと神々《こうごう》しいばかりに美しかったのでしょうね。

「豊旗雲《とよはたくも》」とは、なんと素晴らしい言葉でしょう。古代の旗《はた》は横に長いので、大きく豊かに棚引《たなび》く雲を称《たた》えてそう名付《なづ》けたものです。その雲に入《い》り日《ひ》が差して、雲のふちをオレンジ色に染《そ》めています。皇居宮殿《こうきょきゅうでん》には、この歌をもとに描《えが》かれた名画が飾《かざ》られています。

万葉集は本来、漢字だけを用いて書かれていますが、「清明」の読み方はさまざまです。「すみあかく」「きよくてり」とも読めますが、江戸《えど》時代の賀茂真淵《かものまぶち》に習って「あきらけく」としました。どの学者も、澄《す》み渡る月の光を表すのにどんな大和《やまと》言葉がふさわしいか、心をつくして考えたのです。

作者は、斉明天皇《さいめいてんのう》の皇太子《こうたいし》であった中大兄皇子《なかのおおえのおうじ》（のちの天智《てんじ》天皇）ですが、筑紫《つくし》（現在の九州北部）をさして行く軍船《ぐんせん》の上で、将来への願望《がんぼう》を詠んだとも想像されています。

いにしへ《（え）》の人《ひと》にわれあれや
楽浪《ささなみ》の 古《ふる》き京《みやこ》を
見《み》れば悲《かな》しき

高市古人《たけちのふるひと》
（巻一・三二）

口語訳

自分は昔の人であるのだろうか、琵琶湖《びわこ》のほとりの、古い近江《おうみ》の京《みやこ》のあとを訪《たず》ねて見ていると、これほどに悲しいのだ。

《小柳》

解説

高市古人《たけちのふるひと》は奈良《なら》時代初期の歌人ですが、むしろ高市黒人《たけちのくろひと》の名で旅先《たびさき》での多くの和歌があります。飛鳥《あすか》時代に、天智天皇《てんじてんのう》が飛鳥から琵琶湖《びわこ》のほとりの大津《おおつ》に都を遷《うつ》しましたが、この都を近江京《おうみきょう》と呼びました（六六七年）。しかし天智天皇が崩御《ほうぎょ》され、やがて壬申《じんしん》の乱《らん》が起こったために、近江京はわずか五年ほどで廃止《はいし》されることとなりました。

高市古人の出生《しゅっせい》はよくわかってはいませんが、幼《おさな》いころに、当時はにぎわった近江京で育ったのかもしれません。この和歌は、近江の旧《ふる》い都の跡《あと》を訪《おとず》れた時、「感傷《かんしょう》して」作ったと記《しる》されています。よほど心が傷《きず》つくほどに悲しんだのでしょう。「いにしへ《え》」は「古」と書き、過ぎた昔のこと。「いにしへ《え》の人にわれあれや」とは、昔の人に自分はあるのだろうか、と疑《うたが》っているのですが、自分はじつは近江の都の人だったのでは、と思われるほどに、悲しみにくれているのです。「ささなみの」は琵琶湖西岸《せいがん》の地名である「大津」や「志賀《しが》」にかかる枕詞《まくらことば》ですが、琵琶湖の細波《さざなみ》がしのばれる美しい言葉です。

日本古代の歴史を秘《ひ》めた近江京、そして多くの人を傷《きず》つけた壬申《じんしん》の乱《らん》。たくさんの人々の悲しみが歴史の中に埋《うず》もれていますが、それを実感とし、わがものとして、高市古人は和歌に詠みあげたのでした。

家《いへ(え)》にあらば　妹《いも》が手《て》まかむ
草《くさ》枕《まくら》　旅《たび》に臥《こや》せる
この旅《たび》人《と》あは《(わ)》れ

聖《しょう》徳《とく》太《たい》子《し》
（巻二・四一五）

口語訳
家にいたならば、可愛《かわい》い妻《つま》と手を差《さ》しかわしながら、一緒に暮らしていたであろうのに、草を枕《まくら》にして行くような遠い旅に出たので、病に倒《たお》れて寝こんでしまっている、この旅人はなんと哀《あわ》れで可哀そうなことであろうか。

《小柳》

解説

聖徳太子《しょうとくたいし》（注1）は、飛鳥《あすか》時代に憲法《けんぽう》十七条を制定《せいてい》し、日本人の心といってもいい「和《わ》」の大切さを示されましたが、また中国大陸の隋《ずい》の国に対して、日本が対等《たいとう》の国であることを示されたことでも有名です。

当時の日本は、医術《いじゅつ》も未熟《みじゅく》でしたし、国民の生活は豊かではありませんでしたから、飢餓《きが》や病気のためにたくさんの人々が亡くなりました。聖徳太子はそのような苦しみから人々を救いたいと思われ、病人や貧《まず》しい人を助けるための施設《しせつ》を造《つく》られたことが伝えられています。

この和歌は、巻三の挽歌《ばんか》（亡くなった人を悼《いた》む歌）の最初に出ていますが、聖徳太子が龍田山《たつたやま》（奈良県生駒《いこま》）を通られた時に、旅人が倒《たお》れて死んでしまっているのを見て、悲しんで歌を作られたと記《しる》されています。『日本書紀《しょき》』という古代の歴史書にも、食べ物に飢《う》えて亡《な》くなった旅人《たびびと》を見て、なぜ死んでしまったのかと悲しんで詠まれた太子の長歌が載《の》せられ、太子の慈悲《じひ》にみちた御心《おこころ》を伝えています。

このように民衆《みんしゅう》に愛情をよせ、苦しみをともにしようとした太子の精神は、国の政事《まつりごと》を行う時に最も大切な心がけとして、後世《こうせい》に受け継《つ》がれていきました。

36

夕《ゆふ(う)》されば 小倉《を(お)ぐら》の山《やま》に
鳴《な》く鹿《しか》は 今宵《こよひ(い)》は鳴《な》かず
い寝《ね》にけらしも

舒明天皇《じょめいてんのう》
（巻八・一五一一）

口語訳

夕方になると、いつも小倉の山で鳴き始める鹿の声が、今宵は鳴いていない。もう寝てしまったのだろうなあ。

《小柳》

解説

この歌は秋を代表する名歌として、昔から多くの人々に称《たた》えられてきました。「夕《ゆふ(う)》されば」の「さる」という言葉は、時や季節《きせつ》が近づき巡《めぐ》ってくることを言いますので、夕方が近づくと、の意味です。「小倉《を(お)ぐら》の山《やま》」は奈良盆地《ならぼんち》南部の山で、当時は舒明天皇《じょめいてんのう》のお住まいである皇居宮殿《こうきょきゅうでん》がありました。時代は飛鳥《あすか》時代の七世紀にさかのぼります。

鹿《しか》は高い声で、ピーと鳴きます。秋の山で鳴く鹿は、結婚《けっこん》の相手を見つけようと鳴くのでしょう。その声は透《す》き通って遠くに響《ひび》きます。歌の作者は、夕がたになれば、その声を聞くのを楽しみにしていたのでしょう。だけど今日はその声が聞こえないぞ、どうしたのかな。もう寝所《ねぐら》に帰って、寝てしまったのかな。歌は五七五七の四句までいったん区切《くぎ》れ、間《ま》をおいて最後の「い寝《ね》にけらしも」（注1）に続きます。このように大らかな歌の調べにも、生き物によせる天皇の温《あたた》かいお心が感じられてきます。

夕方のうすれゆく光の中で、小倉の山はもう紅葉《もみじ》の季節を迎《むか》えているようです。あたりはだんだん薄《うす》暗くなる。いつもなら聞こえる鹿の声も聞こえない。そして、シーンと静かな夜。しんしんと秋は深まっていきます。

37

わが里《さと》に大雪《おほ(お)ゆき》降《ふ》れり
大《おほ(お)》原《はら》の古《ふ》りにし里《さと》に
降《ふ》らまくは後《のち》

天《てん》武《む》天《てん》皇《のう》
（巻二・一〇三）

口語訳
私の住む里に大雪が降《ふ》りましたよ。
あなたの住む大原（現在の奈良県明日香《あすか》村小原《おおはら》）の古びた里に雪が降るのは、もっとずっと後のことでしょうね。

解説

《白駒》

天武天皇《てんむてんのう》がお妃《きさき》の一人・藤原夫人《ふじわらのぶにん》（注1）に贈った歌です。「大雪《おほ(お)ゆき》――大原《おほ(お)はら》」「降《ふ》れり――古《ふ》りにし――降《ふ》らまくは」と同じ音が繰り返されていて、雪景色《ゆきげしき》に心弾《こころはず》むご様子が表れていますね。お二人は遠距離恋愛だったのかと、思わず想像してしまいますが、実際は、天武天皇のお住《す》まい（注2）と夫人の暮らす大原は、目と鼻の先。数百メートルしか離れていません。ですから、雪の降るタイミングは、ずれるはずがないのです。きっと天皇にとって藤原夫人は、ついからかいたくなるような、愛《いと》しくてたまらない存在だったのでしょう。

夫人《ぶにん》の返歌が、こちら。「わが岡《おか》のおかみに言《い》ひ《(い)》て降《ふ》らしめし雪《ゆき》のくだけしそこに散《ち》りけむ」（私の住む岡の竜神様《りゅうじんさま》に頼《たの》んで降らせた雪が砕《くだ》け、そのほんの一欠片《ひとかけら》がこぼれて、そちらに降ったのでしょう）。むしろ自分の方が優位であることを誇《こ》示《じ》し、からかい返しているのです。天皇の一本取られたという表情が、目に浮かびますね。きっと天皇は、彼女のこの明るさと聡明さを愛されたのでしょう。

それにしても、天皇やその妃《きさき》といった高貴《こうき》な方々が、こんなにもユーモアの感覚をお持ちで無邪気《むじゃき》に自慢《じまん》しあうお姿は、とても微笑《ほほえ》ましいですね。天皇と臣下《しんか》の娘という立場を超《こ》えて、お二人がこれほどの親愛《しんあい》の情《じょう》で結ばれ、楽しいやりとりをしていることに、静かな感動がわき起こってきます。

38

丈夫《ますらを（お）》の 行《ゆ》くとふ《（う）》道《みち》ぞ
おほ《（お）》ろかに思《おも》ひ《（い）》て行《ゆ》くな
丈夫《ますらを（お）》の伴《とも》

聖《しょう》武《む》天皇《てんのう》
（巻六・九七四）

口語訳
りっぱな男子《だんし》が行くという（節度《せつど》使《し》としての）道であるぞ。いいかげんな気持ちで行ってはいけない。
りっぱな男子の供人《ともびと》たちよ。

《小柳》

解説

天平《てんぴょう》四（七三二）年、国の防備《ぼうび》や安定をはかるために、東海道《とうかいどう》や西海道《さいかいどう》などの主な地方に、節度使《せつどし》という重要な役目を負《お》った武官《ぶかん》（軍事をつかさどる役人）が派遣《はけん》されました。この時に、聖武天皇《しょうむてんのう》は節度使たちを招き、御酒《おさけ》を賜《たまわ》ってみんなを励《はげ》まされました。そして、無事《ぶじ》に務《つと》めをはたして帰ってきたなら、その労《ろう》をねぎらって、みんなとともにこの美味《おい》しい酒を飲もうではないかと呼びかけ、長歌《ちょうか》を詠まれました。その反歌《はんか》が、この歌です。

「丈夫《ますらを（お）》」とは、弱音《よわね》をはかないりっぱな男子《だんし》。「とふ《（う）》」は「……という」の意。「おほ《（お）》ろか」は、いいかげんな、なおざりな、という意味。「伴《とも》」は、ここでは天皇を守る従者《じゅうしゃ》の人々でしょう。節度使に任命《にんめい》されるということは、地方の安定をはかるために特別に与えられた権限《けんげん》をもって治《おさ》めるということです。それは、いいかげんな気持ちではできないことだと聖武天皇は語り、最後にまた、「丈夫《ますらを（お）》の伴《とも》」よ、と繰《く》り返して親しく呼びかけているのです。節度使は、それほどに信頼《しんらい》を得た人たちだったのです。

天平《てんぴょう》年間の初期は多くの災害《さいがい》や疫病《えきびょう》のために、人々は苦しい生活を送っていました。聖武天皇や光明皇后《こうみょうこうごう》はそのことを悲しみ、さまざまな仁政《じんせい》（思いやりのある政治）をほどこされ、やがて天平文化の花開く世を迎えたのでした。

39

吾背子《わがせこ》と二人《ふたり》見《み》ませば
いくばくか この降《ふ》る雪《ゆき》の
うれしからまし

光明皇后《こうみょうこうごう》
（巻八・一六五八）

口語訳
あなたさまと二人で見るのでしたら、どんなにか今降っているこの雪も、嬉しいでしょうに……。

解説

《白駒》

「わぁ、雪！　ねえ、見て、見て！　雪が積もっているわよ」

真っ白に雪が降《ふ》り積もった朝、心がはずんで家族を呼んだ経験はありませんか？　雪の少ない地域に暮らしていれば、なおさらのこと、この驚きと感動を大切な人と分かち合いたいと、誰もが思うでしょう。それは身分が高くても一緒。聖武天皇《しょうむてんのう》のお后《きさき》である光明皇后《こうみょうこうごう》は、そんな素直な思いを歌にしました。

大好きな人、大切な人と一緒なら、喜びは倍に、悲しみは半分になるのです。喜びも悲しみも分かち合いたい――、それは人間の素直な思いです。

でも、この歌、「二人で見るのでしたら、どんなにか嬉しいでしょうに……」と歌っていますから、現実には、愛する人はそこにいないのです。つまり光明皇后は、お一人で雪を見て、聖武天皇がそこにいらっしゃらない寂《さみ》しさを、この歌に込めたのです。なんとも素直でかわいい愛情表現ですよね。

聖武天皇は奈良の大仏《だいぶつ》を建立《こんりゅう》したり、全国に国分寺《こくぶんじ》というお寺を建《た》てたりして、仏教を大切にしました。光明皇后も、施薬院《せやくいん》を設《もう》けて貧しい病人に薬を与えたり、悲田院《ひでんいん》という孤児院《こじいん》をつくったりして、弱き者に寄《よ》り添いました。この光明皇后の慈悲《じひ》のお心が、その後、歴代の皇后さまに受け継がれていくのです。わが国の温《あたた》かな伝統に、感謝の気持ちがこみ上げてきますね。

40

降《ふ》る雪《ゆき》はあは《(わ)》にな降《ふ》りそ
吉隠《よなばり》の猪養《ゐ(い)かひ(い)》の岡《おか》の
寒《さむ》からまくに

穂積皇子《ほづみのみこ》
（巻二・二〇三）

口語訳

降る雪よ、あとからあとからあとから降り積もるようなことはしないでおくれ。吉隠《よなばり》の猪養《いかい》（現在の奈良県桜《さくら》井市《いし》の初瀬《はつせ》付近と考えられる）の岡に葬《ほうむ》られたあの方《かた》が、凍《ここ》えるほどに寒い思いをするだろうから。

解説　《白駒》

猪養《ゐ(い)かひ(い)》の岡に葬《ほうむ》られたのは但馬皇女《たじまのひめみこ》、この歌の作者・穂積皇子《ほづみのみこ》の異母妹《いぼまい》です。二人は互いに思いを寄せていましたが、それは許されぬ恋。なぜなら皇女《ひめみこ》には、年齢の離れた異母兄《いぼけい》の高市皇子《たけちのみこ》という夫がいたからです（注1）。

万葉集には但馬皇女の歌も残されています。「人言《ひとこと》を繁《しげ》み言痛《こちた》み己《おの》が世《よ》にいまだ渡《わた》らぬ朝川《あさかは(わ)》渡《わた》る」（人の噂《うわさ》が辛《つら》くても、いえ、だからこそ生まれて初めて夜明けの川を渡ります。）「朝川《あさかは(わ)》渡《わた》る」という表現は、実際に川を渡ったとも考えられますし、もしかしたら、人の噂や恋の障害《しょうがい》を突《つ》き破《やぶ》って真実の愛に生きるという、皇女《ひめみこ》の決意を象徴しているのかもしれません。

いずれにせよ、男性が女性のもとを訪れるのが当たり前の時代に、彼女は皇《こう》女《じょ》という高貴《こうき》な立場にありながら、思いを抑《おさ》えきれず秘《ひそ》かに屋敷《やしき》を抜《ぬ》け出し、穂積皇子のもとへ――。それが世《よ》に知れ、皇女《ひめみこ》は世間の非難《ひなん》に晒《さら》されます。

十余《よ》年後、皇女が三十代半《なか》ばでひっそりと身罷《みまか》る（亡くなること）と、彼女のお墓《はか》を遥《はる》かに望《のぞ》み、穂積皇子は悲しみに暮《く》れました。「な～そ」は禁止を意味しますが、「降るな」という強い表現ではなく、「どうか降らないでおくれ」と祈《いの》るような気持ちを表します。初夏に身罷った皇女《ひめみこ》に訪れた最初の冬、彼女に寒い思いはさせたくないと、降る雪に祈る皇子《みこ》。その優しさが胸を打ちますね。

41

君《きみ》が行《ゆ》く道《みち》の長手《ながて》を
繰《く》りたたね 焼《や》き滅《ほろ》ぼさむ(ん)
天《あめ》の火《ひ》もがも

狭《さ》野《のの》茅《ち》上《がみの》娘子《を(お)とめ》
(巻十五・三七二四)

口語訳
あなたが流されていく道の、長い道のりをたぐり寄せ、たたんでしまって焼きほろぼしてしまうような、天の火があればいいものを。

《小柳》

解説

狭野茅上娘子《さののちがみのを(お)とめ》は宮中《きゅうちゅう》に仕える身分の低い女性でしたが、中臣宅守《なかとみのやかもり》という役人《やくにん》と恋をして、当時では許《ゆる》されない結婚《けっこん》をしたために、その罪《つみ》によって宅守は越前《えちぜん》（現在の福井《ふくい》県）に流されてしまいました。仲《なか》をさかれた二人が、それぞれに痛むような気持ちを述べて贈《おく》りあった六十三首もの歌が、巻十五に残されているのです。中でも狭野茅上娘子の歌の数々《かずかず》は、胸をこがすような激《はげ》しい情《じょう》にあふれています。

この歌、君とは夫《おっと》である中臣宅守、「道《みち》の長手《ながて》」とは、奈良の都から越前《えちぜん》にいたる長い道のりをさします。その道がなくなればいいのに、という思いを、娘子《おとめ》はさらに激《はげ》しく歌うのです。長い道をたぐりよせて畳《たた》んで、と驚くような想像をし、さらにこれを焼《や》きほろぼしてしまいたい、そのような天から降《ふ》ってくる火がほしい、そうしてすぐにもあなたに会いたい、と叫《さけ》ぶように天に向かって訴《うった》えているのです。「……もがも」は、「……があったらばよいのになあ」という願いを表します。

中臣宅守もまた娘子の歌に応《こた》えて、娘子を置いて遠く越前に行く道のつらさを歌い、昼も夜もなく娘子を恋しく思い、恋のためには若い命も惜《お》しくないと歌うのでした。こんな二人の愛の贈答《ぞうとう》は、万葉集でも稀有《けう》の光を放っています。

42

多摩川《たまがわ》にさらす手作《てづく》り
さらさらに なんぞこの子《こ》の
ここだ愛《かな》しき

東歌《あずまうた》
（巻十四・三三七三）

口語訳
多摩川（山梨・東京・神奈川を流れ、東京湾に注ぐ）に手織《てお》りの布《ぬの》をさらさらとさらすように、さらにさらに、どうしてこの娘《こ》がこんなにも可愛《かわい》くて愛《いと》おしいのだろう。

《白駒》

解説

輝く陽《ひ》の光を浴びて、布《ぬの》をさらす（布を白くするために水で洗い、日に当てて乾《かわ》かすこと）乙女《おとめ》。そのしぐさまで目に浮かぶような、生き生きとした歌ですね。特に「さらさらに」という、春の小川を連想《れんそう》させるような心地《ここち》よい響きが印象的です。欧米《おうべい》の人たちには雑音にしか感じられない虫の声や川のせせらぎを、日本人は情緒《じょうちょ》ある音として感じることができるといわれています。そんな日本人ならではの感性が、この楽しく美しい調べを生んだのでしょう。

清らかな川の流れ、手織《てお》りの布の感触《かんしょく》、川にさらすことで布が増々《ますます》白くなる様子、そして恋の喜びが溢《あふ》れ相手の娘《むすめ》が可愛くてたまらないという思い――、「さらさらに」の言葉一つに、さまざまな意味が込められています。「さらす」と「さらさらに」は本来《ほんらい》何の繋《つな》がりもないのに同じ音《おと》をしている、万葉人《まんようびと》はそこに不思議な結びつきを感じ、音の響きを楽しみました。歌の後半も「この子のここだ」と「こ」が連なり、実にリズミカル。万葉人《まんようびと》のセンスが光りますね。

この歌は「東歌《あずまうた》」（注1）の一首で、川に布をさらす娘たちの労働歌《ろうどうか》（注2）だったろうといわれています。結《むす》びの句の「ここだ」は「たいそう、たくさん」、「愛《かな》しき」は「かわいい、愛《いと》おしい」の意味。乙女たちは、あふれる愛を注いでくれる素敵《すてき》な男性をイメージしながら、仕事に励《はげ》んだのでしょう。

43

信濃道《しなのぢ(じ)》は 今《いま》の墾《はり》道《みち》
刈株《かりばね》に 足《あし》踏《ふ》ましなむ
沓《くつ》はけ我《わ》が背《せ》

東歌《あずまうた》
（巻十四・三三九九）

口語訳
信濃《しなの》に行く道は、最近になって開《かい》墾《こん》されたばかりの道ですから、道には木や竹を刈《か》ったあとの切り株《かぶ》があるでしょう。あぶなくて足で踏《ふ》んでしまいそうです。どうぞ沓《くつ》をはいて出かけてくださいね。私の大切なあなた（夫《おっと》よ）。

《小柳》

解説

東国《とうごく》のある女の人が、これから遠く信濃《しなの》（現在の長野《ながの》県あたり）に旅に出る夫《おっと》に、その無事を祈って贈《おく》った短歌です。奈良時代以前は、日本国内を行き来する道はまだ十分整っていませんでしたが、少しずつ新しい道が開墾《かいこん》されていきました。八世紀の初めころには、信濃の国への道がようやく開通《かいつう》したと伝えられていますが、昔の山道は切り株《かぶ》や石ころがごろごろとして、危《あぶ》ない道を歩かなければなりませんでした。

旅立《たびだ》つ夫は、仕事のために、開墾《かいこん》されたばかりの信濃道《しなのじ》を通って行かなくてはならない。心配でならない妻は、夫のために丈夫《じょうぶ》な藁沓《わらくつ》を用意したのでした。おそらく普通は草鞋《わらじ》を履《は》いていたのでしょうが、それでは足底《あしそこ》を切り株《かぶ》で破ってしまいそう。どうぞこの沓《くつ》を、と差《さ》し出す妻《つま》に、夫は感謝しながら、名残《なごり》をおしんで旅立ったことでしょう。

妻の愛情があふれる歌ですが、万葉集の巻十四には、東国の人たちのかざりけのない素朴《そぼく》な歌がたくさん集められています。それにしても千三百年以上も昔の地方の人たちが和歌を作って、心情《しんじょう》のやりとりをしていたとは、驚いてしまいますね。古代の日本では、名もない国民でさえ男も女も豊かな歌心《うたごころ》を持っていたことに感動します。

44

信濃《しなの》なる千曲《ちくま》の川《かわ》の
細石《さざれし》も君《きみ》し踏《ふ》みてば
玉《たま》と拾《ひろ》は《（わ）》む《（ん）》

東歌《あずまうた》
（巻十四・三四〇〇）

口語訳
信濃《しなの》をゆく千曲川《ちくまがわ》（信濃川《しなのがわ》の上・中流部、長野県下を流れる部分の呼称《こしょう》）の川原《かわら》の小さな石でも、あなたが踏《ふ》んだ石ならば、玉と思って拾《ひろ》いましょう。

《白駒》

解説

愛《いと》しい人が触れたものには、その人の魂《たましい》が宿《やど》るような気がして、その人の触れたものまで愛《いと》おしくなる――。恋する乙女《おとめ》の純粋な心が、石を珠玉《しゅぎょく》に変えるのです。なんと素敵な魔法《まほう》でしょう。作者は拾《ひろ》った石をお守りのように、いつも大切に身につけていたのかもしれませんね。

美しくも険《けわ》しい、信濃《しなの》の山々。その岩《いわ》かげからしたたり落ちた一滴《ひとしずく》の水が、やがて大河《たいが》となって大地を潤《うるお》す――。穢《けが》れのない自然の中の小さな石は、作者にとっては恋人の分身《ぶんしん》であり、読む人には、作者の心そのもののように感じられますね。こういう美しい心は、たとえ年齢《ねんれい》を重《かさ》ねても、またどんなに時代が変わっても、ずっと持ち続けていたいものです。

「石」をモチーフにした歌を、もう一首ご紹介しましょう。「馬買《うまか》は（わ）ば妹徒歩《いもかち》ならむ（ん）よしゑ（え）やし石《いし》は踏《ふ》むとも吾《あ》は二人《ふたり》行かむ（ん）」（もし馬を買えば、私は馬に乗っても、妻は歩いて行くことになるだろう。ならば、たとえ石ころを踏みながらでも、二人で歩いて行こうじゃないか。）

馬を持たない貧《まず》しい夫に、妻は母の形見《かたみ》の鏡《かがみ》と領巾《ひれ》（肩にかける細長い布）を売って馬を買おうと提案します。その時の夫の返事が、この歌。かつて人々の暮らしは貧しかった、でも心はこんなにも豊かで思いやりに溢《あふ》れていたのです。

父《ちち》母《はは》が 頭《かしら》かきなで
幸《さ》くあれて 言《い》ひ《（い）》し言葉《けとば》ぜ
忘《わす》れかねつる

防人《さきもり》の歌《うた》（注1）
（巻二十・四三四六）

口語訳

父さんと母さんが、私の頭をかきなでながら、無事に元気で行ってこいよと言ってくれた、その言葉を、忘れようとしても忘れられない。

《小柳》

解説

強大であった外国からの侵入《しんにゅう》を防ぐため、奈良時代には対馬《つしま》などの島々や九州には、国を守る防人《さきもり》という人たちが配備《はいび》されました。防人はおもに、関東などの東国から屈強《くっきょう》の若者が集められたのですが、命令によって、はるか遠くの筑紫国《つくしのくに》（九州の北部）などを目指して出発したのです。

古代においては、関東から筑紫への旅は命がけでした。山を越え野を越えて、ようやく難波《なにわ》（現在の大阪府）の港にたどりつくと、そこからは船の旅でした。九州に至《いた》るまでの早潮《はやしお》の流れは、危険《きけん》も多かったのです。ですから、ふるさとを出発する時には、親しい家族や恋人とも最後になるかもしれないと、別れを悲しみながら旅立ったのでした。

そんな防人の一人、丈部稲麿《はせつかべのいなまろ》という名もない若者が、別れの時を思い出して作った歌です。その父や母は、若者を抱《いだ》くようにして、両手で髪《かみ》を掻《か》きなでたのでしょう。泣き声を抑《おさ》えながら、無事に帰ってこいよ、と言ってくれた父母。忘れようと決心したのに、どうしても忘れられない父母の姿、その声が蘇《よみがえ》るのです。「幸《さ》くあれて」は本来「幸《さき》くあれと」、「言葉《けとば》ぜ」は「言葉《ことば》ぞ」ですが、訛《なま》りをまじえた歌に、若者の真実の声が聞こえるようです。防人たちの、いつわりのない誠の心は、千年の時を超えて人々の胸を打ち続けています。

46

わが妻《つま》はいたく恋《こ》ひ《（い）》らし
飲《の》む水《みず》に影《かご》さへ《（え）》見《み》えて
世《よ》に忘《わす》られず

防人《さきもり》の歌《うた》
（巻二〇・四三二二）

口語訳

私の妻は、ひどく私を恋い慕《した》っているらしい。飲もうとした水の面《おもて》に妻の面影《おもかげ》が映《うつ》って見えて、片時《かたとき》も忘れることができない。

《白駒》

解説

遠江国《とおとうみのくに》（現在の静岡県西部）出身の若倭部身麻呂《わかやまとべのみまろ》という防人《さきもり》の作です。彼もまた難波《なにわ》（現在の大阪府）まで歩き、そこから船で九州に向かいました。難波までの遥《はる》か遠い道のり、彼はしばしば休息をとり、湧《わ》き水や井戸の水でのどの渇《かわ》きを潤《うるお》したことでしょう。

すると妻の面影《おもかげ》が水面《みなも》に浮かんでくるのです。その揺《ゆ》らぐ面影に、切《せつ》なさと愛《いと》しさがこみ上げてきます。万葉人《まんようびと》は、相手が自分のことを強く思っているから、魂《たましい》が抜《ぬ》け出《で》て夢に現《あらわ》れたり、水面に面影が映《うつ》ったりするのだと解釈《かいしゃく》しました。なんて幸せな解釈なのでしょう(笑)。きっと実際は逆、自分が相手を思うからこそ、面影が見えるんですよね。でも、それはどちらでもいいのです。この夫婦《ふうふ》は互《たが》いに愛情を通《かよ》わせ、確かな絆《きずな》で結ばれているのですから。

防人の任期《にんき》は三年。この歌を詠んだあと、彼がどんな運命をたどったのかは記《しる》されていません。愛する妻のもとに無事に帰れたと、信じたいですね。

「恋《こ》ひ《(い)》らし」「影《かご》」は、ともに東国《とうごく》の方言《ほうげん》で、本来は「恋ふ《(う)》らし」「かげ」。「世《よ》に～ず」で「決して～ない」という意味。地方の素朴《そぼく》な言葉を素直に用いたことで、作者の心の底から溢《あふ》れ出る思いが、生き生きと伝わります。それが万葉集の魅力《みりょく》の一つであり、日本語の豊かさでもあるのですね。

霰《あられ》降り鹿島《かしま》の神《かみ》を
祈《いの》りつつ皇御軍《すめらみくさ》に
我《われ》は来《き》にしを

防人《さきもり》の歌《うた》
（巻二十・四三七〇）

口語訳
武神《ぶしん》にまします鹿島の神（注1）に、武運《ぶうん》を祈りながら、天皇の御軍《ごぐん》勢《ぜい》の中に私は加わり、まいりました。

《白駒》

解説

ふるさとを離れ九州へと向かう、防人《さきもり》たち。旅は命がけであり、仮に無事に着いたとしても、もし外敵《がいてき》がやって来たら戦わなくてはなりません。もしかしたら、家族とは永遠の別れとなるかもしれないのです。だから彼らは別れのつらさや家族への愛を、次のように切々《せつせつ》と歌に詠みました。

「筑波嶺《つくばね》（茨城県中西部にある、筑波山《つくばさん》の古称《こしょう》）の早百合《さゆる》の花の夜床《ゆとこ》にも愛《かな》しけ妹《いも》そ昼《ひる》も愛《かな》しけ」（筑波山の百合《ゆり》のように、夜も昼も愛《いと》おしい妻よ）

その一方で、彼らはただ我《わ》が身の運命を悲しんだのではなく、この国を護《まも》るのだという気概《きがい》を持ち、その思いも歌に込めました。表題歌《ひょうだいか》もその一つです。

「霰《あられ》降り」は、空から降る霰が地面を打ちつける音がやかましい（＝かましい）ことから「鹿島《かしま》」の枕詞《まくらことば》であり、「皇御軍《すめらみくさ》」は当時の国防軍《こくぼうぐん》を指《さ》します。

「我《われ》は来《き》にしを」の「を」は、感嘆《かんたん》の意味を持つ助詞で、そこに作者は覚悟を込めたのでしょう。

この二首は、作者は同じ、常陸国《ひたちのくに》（現在の茨城県）出身の大舎人部千文《おおとねりべのちふみ》です。

優しさと強さというのは、相反《あいはん》するものではないんですね。愛する人がいるからこそ、その人を守るために人は強くなれるのです。あなたにとって大切な人は誰ですか？　その人を守り抜く強さを育《はぐく》んでいきたいですね。

旅人《たびひと》の宿《やど》りせむ（ん）野《の》に
霜《しも》降《ふ》らば我《あ》が子《こ》羽《は》ぐくめ
天《あめ》の鶴《たづ》群《むら》

遣唐使《けんとうし》の母《はは》
（巻九・一七九一）

口語訳

旅人たちが宿をとる野原に霜《しも》が降《ふ》るような寒い夜は、どうか私の息子を、やわらかい羽《はね》で包《つつ》んで温《あたた》めてやっておくれ、天《てん》をゆく鶴《つる》の群《む》れよ。

解説

《白駒》

遣唐使《けんとうし》の母が、最愛《さいあい》の息子《むすこ》の無事を祈《いの》って詠んだ歌です。遣唐使に選ばれるのは栄誉《えいよ》なこと。しかし航海術《こうかいじゅつ》が発達していない当時、遥《はる》かなる唐への海路《かいろ》は命がけでした。この歌が添《そ》えられた長歌を読むと、この子は一人息子だとわかります。そんな背景を知ると、母の切実《せつじつ》な祈りが一層《いっそう》胸に迫《せま》りますね。

天平《てんぴょう》五（七三三）年初夏、遣唐使一行《いっこう》は難波《なにわ》を出港。万里《ばんり》の波濤《はとう》を越え、さらに険《けわ》しい陸路《りくろ》をたどり、唐《とう》の都・長安《ちょうあん》へと旅は続きます。長安に近づくころには、日本とは比べものにならない寒さが、容赦《ようしゃ》なく彼らを襲《おそ》うでしょう。当時の大阪湾一帯は「難波潟《なにわがた》」と呼ばれた湿原地《しつげんち》で、冬季《とうき》には多くの鶴《つる》が見られました。親鳥がひなを羽《はね》で包《つつ》んで育《そだ》てることを「はぐくむ」といいます。母はその羽で息子を温《あたた》めておくれと鶴に祈りつつ、本心《ほんしん》では鶴に代《か》わって自分が渡り鳥となり、息子を見守りたいと願ったのでしょうね。

万葉集には、防人《さきもり》の父の歌も収《おさ》められています。

「家《いえ》にして恋《こ（い）》ひつつあらずは汝《な》が佩《は》ける大刀《たち》になりても斎《いわ（い）》ひてしかも」（家に残って心配しているよりは、お前が腰《こし》に帯《お》びる大刀《たち》となり、祈《いの》り守ってやりたい）

大刀となって守りたい父と、羽で包み温めたい母。こういう大きな愛に、私たちは支えられているんですね。

49

雪《ゆき》のうへ《(え)》に照《て》れる月夜《つくよ》に
梅《うめ》の花《はな》折《お》りて贈《おく》らむ
愛《は》しき児《こ》もがも

大伴家持《おおとものやかもち》
（巻十八・四一三四）

口語訳
降《ふ》り積もった雪の上に月が照り輝く
美しい夜——こんな風流《ふうりゅう》な夜には、
梅の花を折《お》って愛《いと》しい人に贈《おく》りたい。
そんな相手があればよいものを。

《白駒》

解説

和歌の代表的なモチーフといえば、「雪」「月」「花」。これが日本人の美意識《びいしき》として定着《ていちゃく》したのは平安《へいあん》時代です。唐の詩人・白居易《はくきょい》（七七二―八四六）（注1）の「雪月花《せつげつか》の時《とき》、最《もっと》も君《きみ》を憶《おも》う」（雪の朝、月の夜、花の咲き匂《にお》う時――、四季折々の風雅《ふうが》な眺《なが》めを見ると、友のことが思い出されてならない）という詩が日本に伝わり、平安貴族《きぞく》たちが憧《あこが》れたのです。

しかし家持《やかもち》が表題歌《ひょうだいか》を詠んだのは、白居易が生まれる前。しかもこの歌は、雪・月・花がすべて一首のうちに詠み込まれており、家持のオリジナリティが光ります。当時、家持は雪深い越中国《えっちゅうのくに》（現在の富山県）に単身赴任中《たんしんふにんちゅう》で、妻の到着を心待ちにしていました。愛する妻がそこにいない切《せつ》なさと、もうすぐ会えるという喜びを、家持はこの歌に込めたのでしょう。

ところで梅は百花《ひゃっか》に先がけて、まだ寒い時期に花を咲かせます。その梅を春の季語《きご》にした日本人の感性って、素敵《すてき》だと思いませんか？　まだ寒い時期に咲く梅の花を見て、春の訪《おとず》れを感じる、つまり幸せから遠いように見える所にも、幸せの予感《よかん》が宿《やど》っている――、そう感じとってきたのが、私たち日本人なのです。今が幸せじゃないと思っている人がいたら、伝えてあげたいですね。

「幸せは、もう始まっていますよ」と。

50

新《あら》しき 年《とし》の初《はじ》めの
初《はつ》春《はる》の 今日《けふ(きょう)》降《ふ》る雪《ゆき》の
いや重《し》け吉《よ》事《ごと》

大伴家持《おおとものやかもち》
（巻二十・四五一六）

口語訳
新しい年の初めであり、初春でもある今日という日、降り積もる雪のように、ますます重なっていきますように。たくさんの良いことが。

《小柳》

解説

お正月《しょうがつ》、真《ま》っ白に降り積もる雪を眺《なが》めながら詠《よ》まれた和歌ですが、新しい年の初めを祝い、その年の平安を祈《いの》る和歌として、昔から正月にふさわしく縁《えん》起《ぎ》がいいとされてきました。

作者の大伴家持《おおとものやかもち》は、万葉集を編集《へんしゅう》した中心の人と考えられていますが、その一生はかならずしも幸福ではありませんでした。天平《てんぴょう》年間には、昔は繁栄《はんえい》していた大伴《おおとも》の一族はだんだん朝廷《ちょうてい》では力を失い、家持は都から離《はな》れた因幡《いなばの》国《くに》（現在の鳥取《とっとり》県）の国守《こくしゅ》（地方長官）となりました。しかしそれは、家持にとっては喜ばしいものではなかったのです。因幡国《いなばのくに》で迎《むか》えた正月、雪の降りつもる中で役人たちを集めて宴会《えんかい》を開きましたが、これは家持がその時に将来の幸《さち》を祈って詠《よ》んだ、ことほぎの歌です。

「いや」は「ますます」の意、「重《し》け」とは「重なってほしい」という気持ちをこめた命令形《めいれいけい》です。「年《とし》」「初《はじ》め」「初春《はつはる》」「雪《ゆき》」という名詞をすべて「の」でつなぎ、まるでお正月の餅《もち》を何段《なんだん》も重ねたようですが、最後の「吉事《よごと》」も名詞で結び、歌全体をどっしりと支《ささ》えました。これは、万葉集約四千五百首の最後を飾《かざ》る歌で、日本という国に住むすべての人々の幸《しあわ》せを祈《いの》っているようです。

注《ちゅう》釈《しゃく》

歌番号

1

（注1）短歌…わが国で古代から人々が詠《うた》いついできた和歌のひとつの型であり、五七五七七の文字による五つの句の流れで、合計三十一字から成り立っている。

（注2）枕詞《まくらことば》…「石走《いは(わ)ばし》る」という句は、次の「垂水《たるみ》」の前に置かれて歌の調子を整える働きがあるが、このような句を「枕詞《まくらことば》」と呼び、万葉集には古代の人々が創造《そうぞう》した多くの枕詞がある。他に、「天」や「光」などにかかる「久方《ひさかた》の」などがある。

4

（注1）仁徳《にんとく》天皇…四世紀後半から五世紀前半、民を思い、慈《いつく》しみの心で政治を行ったこと、その一方で、恋多き天皇でもあったことが、『古事記《こじき》』や『日本書紀《しょき》』に記《しる》されている。仁徳天皇の御陵《ごりょう》（天皇の御墓《おはか》）といわれる「大仙古墳《だいせんこふん》」は、前方後円墳《ぜんぽうこうえんふん》として最大であり、世界文化遺産《いさん》に登録されている。

5

（注1）大嘗祭《だいじょうさい》…天皇が皇位継承《こういけいしょう》に際して行う宮中祭祀《きゅうちゅうさいし》。新天皇が即位した後に、その年に収穫《しゅうかく》された穀物《こくもつ》を神々に供《そな》え、ご自身もそれを食《しょく》すことで、国家・国民のために、その安寧《あんねい》と五穀豊穣《ごこくほうじょう》を祈念《きねん》する。

1211　9

(注2)平城京遷都《せんと》…七一〇年、藤原京《ふじわらきょう》(奈良盆地の南)から平城京《へいじょうきょう》(奈良盆地の北)に都を移した。

(注3)古事記《こじき》…わが国初《はつ》の歴史書といわれる。歴代の天皇の系譜《けいふ》や各地の氏《うじ》族《ぞく》に口誦《こうしょう》で伝えられたさまざまな神話や伝承《でんしょう》が、天武《てんむ》天皇の命《めい》で七世紀後半に一つの大きな物語として体系化《たいけいか》された。その体系化された物語が、日本の「歴史」として文字に記録され、七一二年に元明《げんめい》天皇に進上《しんじょう》された。

(注4)風土記《ふどき》…七一三年の元明天皇の詔《みことのり》を受け、地名の由来《ゆらい》・地形・産物《さんぶつ》・伝説などを諸国《しょこく》が調査し、中央政府に報告したもの。現存するのは完本《かんぽん》である出雲国《いずものくに》と、省略欠損《しょうりゃくけっそん》のある常陸《ひたち》・播磨《はりま》・豊後《ぶんご》・肥前国《ひぜんのくに》の五か国。

(注1)長歌《ちょうか》…五七の語句を連ねて最後を五七七で結んだ和歌。

(注2)反歌《はんか》…長歌のあとに続いて詠まれた短歌。

(注1)歌枕《うたまくら》…和歌の題材として詠みこまれた名所旧跡《めいしょきゅうせき》のこと。

(注1)詠《よ》み人知《びとし》らず…作者が明らかでない歌のこと。万葉集では「作者未《いま》だ詳《つまび》らかならず」と記《しる》されている場合が多いため、「作者未詳歌《みしょうか》」とも呼ばれ、万葉集に収載《しゅうさい》された歌の約半数を占《し》めている。作者未詳歌の多くは、庶民《しょみん》が詠んだもの、あるいは古代歌謡《こだいかよう》として各地で歌い継《つ》がれてきたものと考えられ、こ

15

のことから、当時、国民が広く歌心《うたごころ》を共有していたと推察《すいさつ》される。

（注1）赤兄《あかえ》…中大兄皇子《なかおおえのおうじ》（天智《てんじ》天皇）の重臣《じゅうしん》・蘇我赤兄《そがのあかえ》。赤兄の讒言《ざんげん》（人をおとしいれるために、事実を曲げ、偽《いつわ》って告げ口《ぐち》をすること）により、有間皇子《ありまのみこ》は謀《む》反《ほん》の罪《つみ》に問《と》われた。

21

（注1）壬申《じんしん》の乱…天智《てんじ》天皇が亡《な》くなった後、弟の大海人皇子《おおあまのおうじ》と皇太子《こうたいし》であった大友皇子《おおとものおうじ》との間でおこった古代日本最大の内乱《ないらん》。大海人皇子は勝利《しょうり》の後に天《てん》武《む》天皇として即位《そくい》した。

23

（注1）太陰暦《たいいんれき》…月の満《み》ち欠《か》けや運行によって月日を数えた、昔の暦《こよみ》。満月の日を十五日とした。陰暦《いんれき》、旧暦《きゅうれき》ともいう。現在用いられている新暦《しんれき》（太陽暦）は、明治六（一八七三）年に採用《さいよう》された。

26

（注1）…朝顔《あさがほ(お)》は朝露負《あさつゆお》ひ《(い)》て咲《さ》くといへ《(え)》ど夕影《ゆふ(う)かげ》にこそ咲《さ》きまさりけり（朝顔は、その名の通り朝露《あさつゆ》を浴《あ》びて咲くものだと聞いていたが、夕方の淡《あわ》い光の中でこそ、ひときわ見事に咲きにおうものであったなぁ）

（注2）…山上憶良の時代からおよそ二百年後、平安時代初期に成立したわが国最古の漢和辞典『新撰字鏡《しんせんじきょう》』に出てくる。

31

（注1）太上《だじょう》天皇…譲位《じょうい》した天皇の尊称《そんしょう》。「だいじょうてんのう」とも読む。

文武《もんむ》天皇元《がん》（六七九）年に譲位した持統天皇に対して用《もち》いたことに始まる。
（注2）行幸《ぎょうこう》…天皇が皇居を離れ外出なさること。

32
（注1）斎宮《さいぐう》…伊勢神宮の祭神《さいしん》に仕《つか》える未婚《みこん》の皇女《こうじょ》。「いつきのみや」ともいう。

35
（注1）聖徳太子《しょうとくたいし》…推古《すいこ》天皇の摂政《せっしょう》で、歴史書には厩戸皇子《うまやどのおうじ》と記されている。その素晴らしい人柄《ひとがら》と国民としての道を示されたことから、後世《こうせい》に聖徳太子と呼ばれた。

36
（注1）けらし…過去推定《かこすいてい》の助動詞「ける」「らし」の音変化《おんへんか》。

37
（注1）藤原夫人《ふじわらのぶにん》…大化の改新の功労者・藤原鎌足《ふじわらのかまたり》の娘。五百重娘子《いおえのいらつめ》と呼ばれる。
（注2）天皇のお住《す》まい…飛鳥《あすか》・浄御原宮《きよみはらのみや》。六七二年から六九四年にかけての天武《てんむ》・持統《じとう》両帝の皇居で、現在の奈良県明日香《あすか》村雷《いかずち》と同飛鳥《あすか》との間に位置したと考えられている。

40
（注1）…「異母妹《いぼまい》」「異母兄《いぼけい》」は、母親の違う妹及《およ》び兄のこと。当時は、母親が違えば、結婚が許された。

42
（注1）東歌《あずまうた》…東国《とうごく》の民衆によって詠まれた歌。『万葉集』の巻十四に約二四〇首の東歌が収載《しゅうさい》されている。

45

（注2）労働歌《ろうどうか》…作業の合間《あいま》に疲れを癒《い》やしたり、労働の喜びを分かち合ったりするために歌う歌。

47

（注1）防人《さきもり》…古代、筑紫《つくし》（主に現在の福岡県周辺）・壱岐《いき》・対馬《つしま》（ともに現在の長崎県、玄界灘《げんかいなだ》に浮かぶ島）など九州北部の防備に当たった兵士。

49

（注1）鹿島《かしま》の神…茨城《いばらき》県鹿嶋市《かしまし》の鹿島《かしま》神宮に祀《まつ》られている武甕槌大神《たけみかづちのおおかみ》。武《ぶ》の神様として知られる。

（注2）白居易《はくきょい》…白楽天《はくらくてん》ともいう。玄宗皇帝《げんそうこうてい》と楊貴妃《ようきひ》の愛をうたった「長恨《ちょうごん》歌《か》」が特に有名。彼の詩文集『白氏文集《はくしもんじゅう》』は、平安期の文学に多大な影響を与えた。

作者紹介

志貴皇子《しきのみこ》（七世紀半ば？〜七一六）
第三十八代《だい》天智天皇《てんじてんのう》の第七皇子《おうじ》であり、白壁王《しらかべのおおきみ》（のちの光仁《こうにん》天皇）や湯原王《ゆはらのおおきみ》の父。壬申《じんしん》の乱《らん》を経《へ》て天武《てんむ》天皇の御代《みよ》となり、表立《おもてだ》った活躍《かつやく》はありませんでしたが、『万葉集《まんようしゅう》』には自然《しぜん》を詠《よ》んだ高雅《こうが》な歌《うた》が収《おさ》められています。

大伴旅人《おおとものたびと》（六六五〜七三一）
奈良時代前期《ならじだいぜんき》の武人政治家《ぶじんせいじか》で、皇室発祥《こうしつはっしょう》以来《いらい》の大伴家《おおともけ》という宮廷《きゅうてい》を護《まも》る武門《ぶもん》の当主《とうしゅ》でした。七二七年に大宰《だざい》の帥《そち》（大宰府の長官）として奈良《なら》の都《みやこ》を遠く離《はな》れた筑紫《つくし》に赴任《ふにん》し、山上憶良《やまのうえのおくら》ら仲間《なかま》とともに筑紫歌壇《つくしかだん》を形成《けいせい》しました。大納言《だいなごん》という高官《こうかん》として都に帰りましたが、翌年《よくとし》に死去《しきょ》。抒情《じょじょう》的な歌（自分の感情を歌い上げた歌）を数多く詠《よ》んでいます。

山部赤人《やまべのあかひと》（生没年《せいぼつねん》は明らかでない）
奈良《なら》時代、聖武《しょうむ》天皇の頃《ころ》の宮廷歌人《きゅうていかじん》。富士山《ふじさん》の威容《いよう》を詠《よ》んだ有名な長歌《ちょうか》および反歌《はんか》にみられるように、旅《たび》にあって詠んだ優《すぐ》れた叙景《じょけい》の歌（自然や風景を詠んだ歌）により、万葉歌人の代表《だいひょう》とされ、柿本人麻呂《かきのもとのひとまろ》とならんで称賛《しょうさん》されたことから、和歌のことを

「山柿《さんし》の門《もん》」と呼《よ》びます。

磐姫皇后《いわのひめこうごう》（生没年《せいぼつねん》は明らかでない）

五世紀《せいき》初《はじ》めころの仁徳《にんとく》天皇の皇后《こうごう》で、履中《りちゅう》、反正《はんせい》、允恭《いんぎょう》という三天皇の生母《せいぼ》です。『万葉集』の中で最古《さいこ》の作者《さくしゃ》とされています。恋多き仁徳《にんとく》天皇に嫉妬《しっと》し、怒《いか》る説話《せつわ》が『日本書紀《にほんしょき》』などに伝《つた》えられています。

元明天皇《げんめいてんのう》（六六一～七二一）

天智《てんじ》天皇の第四皇女《こうじょ》で、文武《もんむ》天皇、元正《げんしょう》天皇の母。第四十二代文武《もんむ》天皇崩御《ほうぎょ》（天皇が亡くなられること）ののち、七〇七年に即位《そくい》されました。御在位《ざいい》は八年でしたが、この間《かん》にわが国初の流通貨幣《かへい》「和同開珎《わどうかいちん》」の鋳造《ちゅうぞう》・発行、平城京遷都《へいじょうきょうせんと》、『古事記《こじき》』や『風土記《ふどき》』の編纂《へんさん》などの大きな事業《じぎょう》を成《な》し遂《と》げられました。

大伴家持《おおとものやかもち》（七一八～七八五）

大伴旅人《たびと》の子で、神話《しんわ》以来の武門《ぶもん》を司《つかさど》る大伴氏として宮中《きゅうちゅう》に仕《つか》えるとともに、越中《えっちゅう》（富山）、因幡《いなば》（鳥取）、薩摩《さつま》（鹿児島）などの国守《こくしゅ》（地方長官）に遷任《せんにん》（都から地方に転任することと）され、陸奥《むつ》（岩手）に将軍《しょうぐん》として赴任《ふにん》中に死去《しきょ》しました。万葉集を編纂《へんさん》した中心人物であり、万葉集中最多の四百七十三首《しゅ》もの歌を残していますが、叙景《じょけい》の歌（自然や風景を詠んだ歌）、恋など抒情《じょじょう》の歌（自分の感情を歌い上げた歌）、越中をはじめ地方滞在《たいざい》の歌などに独特《どくとく》の印象《いんしょう》を与え、万葉集後期《こうき》の代表的歌人として後世《こうせい》に大きな影響《えいきょう》を与えました。

笠郎女《かさのいらつめ》（生没年《せいぼつねん》は明らかでない）

奈良《なら》時代後期《こうき》の歌人で、笠金村《かさのかねむら》の娘《むすめ》。大伴家持《やかもち》に恋《こい》をしましたが、ついにかなうことはありませんでした。万葉集には家持に贈《おく》った二十九首《しゅ》の相聞歌《そうもんか》（恋や親愛の情を述べた歌）が収載《しゅうさい》されています。

小野老《おののおゆ》（生年？〜七三七）

遣隋使《けんずいし》であった小野妹子《おののいもこ》の家系《かけい》であり、奈良時代の貴族《きぞく》で歌人。大宰少弐《だざいのしょうに》（大宰府《だざいふ》の次官）として赴任《ふにん》し、平城京《へいじょうきょう》で一時出仕《しゅっし》したのち、ふたたび大宰府に戻《もど》って死去しました。

柿本人麻呂《かきのもとのひとまろ》（生没年は明らかでない）
人麻呂《ひとまろ》は万葉集を代表するだけでなく、和歌の歴史上《れきし》第一の大歌人であり、歌聖《かせい》とも呼ばれました。七世紀の終わりから八世紀にかけて宮廷《きゅうてい》に仕《つか》え、多くの荘大《そうだい》で重厚《じゅうこう》な長歌《ちょうか》や短歌《たんか》を詠み、雄々《おお》しく格調《かくちょう》高い歌は古代《こだい》の人々の息吹《いぶき》をそのままに伝えています。挽歌《ばんか》（死者への哀悼《あいとう》の歌）や相聞《そうもん》、旅を詠《よ》んだ歌など、不朽《ふきゅう》の名作《めいさく》八十余首《よしゅ》が残されています。

高橋虫麿《たかはしのむしまろ》（生没年《せいぼつねん》は明らかでない）
奈良時代前期の歌人で、藤原《ふじわら》氏に仕《つか》えていたようです。旅先《たびさき》での歌、物語《ものがたり》を題材《だいざい》にした歌など独特《どくとく》の叙事《じょじ》的な歌（事実や歴史的事件をありのままに述《の》べ記《しる》した歌）に特徴《とくちょう》があります。

山上憶良《やまのうえのおくら》（六六〇～七三三）
奈良時代初期《しょき》の官人《かんじん》で歌人であり、遣唐使《けんとうし》の一員《いちいん》として唐《とう》（当時の中国の王朝《おうちょう》）にも渡《わた》ったエリートでした。六十歳《さい》をすぎて筑前国《ちくぜんこく》（現在の福岡《ふくおか》県）の国司《こくし》（中央から派遣され、諸国《しょこく》の行政を行《おこな》う地方官）として大宰府《だざいふ》に赴任《ふにん》し、多くの和歌を詠んでいますが、奈良の都に帰った翌年《よくとし》に亡《な》くなりました。「貧窮問答歌《ひんきゅうもんどうか》」をはじめ、世間《せけん》に苦しむ人々の姿《すがた》を多く詠み、約八十首《しゅ》が万葉集に収《おさ》められています。また当時《とうじ》の歌謡《かよう》を分類《ぶんるい》した『類聚花林《るいじゅかりん》』と呼ばれる歌集《かしゅう》を編纂《へんさん》したと伝えられています。

有間皇子《ありまのみこ》（六四〇〜六五八）

孝徳《こうとく》天皇の皇子《おうじ》でしたが、天皇が崩御《ほうぎょ》されたのち蘇我赤兄《そがのあかえ》の陰謀《いんぼう》にのせられ、皇位《こうい》（天皇の位）をめぐり反乱《はんらん》を起こした罪人《ざいにん》として捕《と》らえられ、斉明《さいめい》天皇の四年（六五八）にわずか十九年の生涯《しょうがい》を閉《と》じました。『日本書紀《しょき》』にはその悲《かな》しい歴史《れきし》が刻《きざ》まれています。

持統天皇《じとうてんのう》（六四五〜七〇二）

天智《てんじ》天皇の第二皇女《こうじょ》で、叔父《おじ》の大海人皇子《おおあまのおうじ》に嫁《とつ》ぎました。父《ちち》天皇の崩御《ほうぎょ》後、壬申《じんしん》の乱に勝利し即位《そくい》した夫《おっと》（天武《てんむ》天皇）を補佐《ほさ》しました。天武天皇崩御《ほうぎょ》ののちに皇位《こうい》を引き継《つ》ぎ、藤原京《ふじわらきょう》に遷都《せんと》して政事《まつりごと》を行いました。子である草壁皇子《くさかべのみこ》が早逝《そうせい》（若くして亡くなること）したため、孫《まご》の文武《もんむ》天皇に譲位《じょうい》し、史上《しじょう》はじめての太上《だじょう》天皇となりました。

額田王《ぬかたのおおきみ》（生没年《せいぼつねん》は明らかでない）

万葉集前期を代表する女性歌人で数々の名歌《めいか》がありますが、当初《とうしょ》は斉明《さいめい》天皇に仕《つか》える女官《にょかん》でした。大海人皇子《おおあまのおうじ》（後の天武《てんむ》天皇）の妃《きさき》となって十市皇女《とおちのひめみこ》を産《う》みましたが、のちに天智《てんじ》天皇のご寵愛《ちょうあい》を受けました。壬申《じんしん》の乱《らん》ののちは大和《やまと》の国で生涯《しょうがい》を送《おく》りました。

大海人皇子《おおあまのおうじ》（生年？～六八六）

舒明《じょめい》天皇の皇子《おうじ》で、母は斉明《さいめい》天皇であり、天智《てんじ》天皇の同母弟《どうぼてい》です。天智《てんじ》天皇崩御《ほうぎょ》ののち、壬申《じんしん》の乱《らん》を経《へ》て天武《てんむ》天皇として皇位《こうい》を継承《けいしょう》しました。飛鳥浄御原《あすかきよみはら》に宮廷《きゅうてい》を構《かま》えて政治を司《つかさど》り、律令制度《りつりょうせいど》など強力な国家としての基礎《きそ》を築《きず》くとともに、国の歴史の編纂《へんさん》事業《じぎょう》を命じました。

弓削皇子《ゆげのみこ》（生年？～六九九）

天武《てんむ》天皇の第九皇子で、母は天智《てんじ》天皇の皇女《こうじょ》である大江皇女《おおえのひめみこ》です。

大津皇子《おおつのみこ》（六六三～六八六）

天武《てんむ》天皇の第三皇子。母《はは》は天智《てんじ》天皇の皇女《こうじょ》である大田皇女《おおたのひめみこ》であり、姉《あね》は大伯皇女《おおくのひめみこ》。身《しん》体《たい》も容貌《ようぼう》も優《すぐ》れ、漢詩《かんし》などの文筆《ぶんぴつ》に秀《ひい》でて武《ぶ》を好み、将来《しょうらい》を望まれて信望《しんぼう》も厚《あつ》かったといわれていますが、天武天皇崩御《ほうぎょ》ののち、謀反《むほん》を企《くわだ》てたとして捕《と》らわれ、死を賜《たまわ》りました。妃《きさき》の山辺皇女《やまべのひめみこ》はそのあとを追って殉死《じゅんし》しましたが、一連《いちれん》の歴史《れきし》は『日本書紀《しょき》』に記《しる》されています。

大伴坂上郎女《おおとものさかのうえのいらつめ》（生没年《せいぼつねん》は明らかでない）

奈良《なら》時代前期に活躍《かつやく》した女性《じょせい》歌人の代表《だいひょう》であり、大伴旅人《おおとものたびと》の異母妹《いぼまい》、大伴家持《やかもち》の伯母《おば》であり姑《しゅうとめ》でもありました。初めは穂積皇子《ほづみのみこ》、次に大伴宿奈麻呂《すくなまろ》の妻《つま》となりましたが、二人《ふたり》の夫《おっと》と死別。一時は兄の旅人《たびと》とともに大宰府《だざいふ》に下りますが、都《みやこ》に帰って旅人が亡くなると、大伴家《おおともけ》の中心的存在《そんざい》となって一族《いちぞく》を支《ささ》えました。万葉集には女性として最多《さいた》の八十首以上の歌が収《おさ》められています。

湯原王《ゆはらのおおきみ》（生没年《せいぼつねん》は明らかでない）

奈良時代中期の歌人で、志貴皇子《しきのみこ》の子であり、父《ちち》に似《に》た清澄《せいちょう》で高雅《こうが》な歌が残されています。

坂門人足《さかとのひとたり》（生没年《せいぼつねん》は明らかでない）

持統天皇《じとうてんのう》に従《したが》った旅の歌がありますが、詳《くわ》しい経歴《けいれき》はわかっていません。

大伯皇女《おおくのひめみこ》（六六一～七〇一）

天武天皇の皇女《こうじょ》で、母は大田皇女《おおたのひめみこ》。十三歳から伊勢神宮《いせじんぐう》の斎宮《いつきのみや》（伊勢神宮に奉仕《ほうし》する皇女）をつとめました。大津皇子《おおつのみこ》の姉《あね》であり、罪《つみ》を被《こうむ》った弟の死をめぐっての悲歌《ひか》が有名です。

中大兄皇子《なかのおおえのおうじ》（六二六～六七二）

中大兄皇子《なかのおおえのおうじ》は、乱れていた日本の国を統一《とういつ》して「大化《たいか》の改新《かいしん》」を断行《だんこう》しました。その後、日本は朝鮮《ちょうせん》での戦い（白村江《はくすきのえ》の戦い）に敗れたことを受け、国の防衛《ぼうえい》にそなえるため、都を奈良から近江《おうみ》（現在の滋賀県《しがけん》）に遷《うつ》し、第三十八代天智天皇《てんじ》として即位《そくい》されました。天智天皇の崩御《ほうぎょ》ののち、後継《こうけい》の天皇をめぐって壬申《じんしん》の乱《らん》が起こり、弟《おとうと》である大海人皇子《おおあまのおうじ》が天武《てんむ》天皇となりました。

高市古人《たけちのふるひと》（生没年《せいぼつねん》は明らかでない）

柿本人麻呂《かきのもとのひとまろ》よりもややあとの宮廷《きゅうてい》歌人で、その生涯《しょうがい》はよくわかっていませんが、ほかに高市黒人《たけちのくろひと》の名前で万葉集には旅の歌十八首《しゅ》が収《おさ》められています。自然《しぜん》の姿《すがた》をあるがままに詠《よ》みながらも、悲《かな》しみをたたえた荘重《そうちょう》な歌が印象《いんしょう》的です。

聖徳太子《しょうとくたいし》（五七四〜六二二）

聖徳太子《しょうとくたいし》は第三十一代用明《ようめい》天皇の皇子《おうじ》（厩戸皇子《うまやどのおうじ》とも呼ばれる）であり、第三十三代推古《すいこ》天皇の摂政《せっしょう》として我が国の政治《せいじ》や外交《がいこう》に目覚《めざ》ましい成果《せいか》を残されました。乱《みだ》れていた国内《こくない》の争《あらそ》いを治《おさ》め、『十七条憲法《じょうけんぽう》』を定《さだ》めて「和《わ》」を以《もっ》て生きる道を示され、また『三経義疏《さんきょうぎそ》』を著《あらわ》して仏教《ぶっきょう》の精神《せいしん》を受けいれるとともに、外国《がいこく》に対しては日本の国威《こくい》を示し、隋《ずい》の文化を学ぶために遣隋使《けんずいし》を派遣《はけん》されました。四十余《よ》年のご生涯《しょうがい》でしたが、国民《こくみん》の圧倒《あっとう》的な崇敬《すうけい》を受けられ、その業績《ぎょうせき》は永《なが》く現在に伝えられています。世界最古《さいこ》の木造建築《もくぞうけんちく》である法隆寺《ほうりゅうじ》は、聖徳太子の精神《せいしん》の象徴《しょうちょう》として斑鳩《いかるが》の里《さと》に今も威容《いよう》を誇《ほこ》っています。

舒明天皇《じょめいてんのう》（五九三〜六四一）

飛鳥《あすか》時代の第三十四代天皇。当時、政治《せいじ》の実権《じっけん》を蘇我氏《そがし》が握《にぎ》っていましたが、御在位《ございい》中はじめての遣唐使《けんとうし》を派遣《はけん》し、唐文化《とうぶんか》との交流《こうりゅう》を深《ふか》められました。万葉集の巻頭《かんとう》第二には有名な「大和《やまと》には群山《むらやま》あれど」から始まる大和の国の賛歌《さんか》があります。

天武天皇《てんむてんのう》

大海人皇子《おおあまのおうじ》の項、参照

聖武天皇《しょうむてんのう》（七〇一～七五六）

第四十五代天皇として七二四年に即位《そくい》し、皇后はのちに記す光明子《こうみょうし》です。天平《てんぴょう》文化の華《はな》やかな時代でしたが、その後疫病《えきびょう》の大流行《だいりゅうこう》や凶作《きょうさく》、国内の反乱《はんらん》などが続《つづ》きました。政治《せいじ》を改革《かいかく》し、遷都《せんと》を繰《く》り返す中で、仏教《ぶっきょう》に救《すく》いを求《もと》めて国分寺《こくぶんじ》を建立《こんりゅう》し、僧《そう》である行基《ぎょうき》らの協力《きょうりょく》のもとに東大寺大仏《とうだいじだいぶつ》を造営《ぞうえい》しました。のちに聖帝《せいてい》として人々の崇敬《すうけい》を集めました。

光明皇后《こうみょうこうごう》（七〇一～七六〇）

奈良《なら》時代中期《ちゅうき》、聖武《しょうむ》天皇の皇后《こうごう》としてともに仏教《ぶっきょう》を弘《ひろ》め、病気《びょうき》に悩《なや》み困窮《こんきゅう》する民《たみ》のために施薬院《せやくいん》や悲田院《ひでんいん》を造られました。全身《ぜんしん》に痘瘡《とうそう》のある患者《かんじゃ》の頼《たの》みによって、光明皇后が皮膚《ひふ》の膿《うみ》を吸《す》い取った時、その病者《びょうしゃ》が仏《ほとけ》の化身《けしん》であることを明《あ》かして光《ひかり》を放《はな》たれたとの伝説《でんせつ》もあるほど、慈愛《じあい》に満《み》ちた皇后でした。聖武《しょうむ》天皇の崩御《ほうぎょ》ののち、その遺《い》愛《あい》の品々《しなじな》を東大寺《とうだいじ》に献《けん》じられたのが、正倉院《しょうそういん》の始まりです。

穂積皇子《ほづみのみこ》（六七三?〜七一五）

天武《てんむ》天皇の皇子で、宮廷《きゅうてい》では高い位《くらい》を賜《たま》わりました。しかし但馬皇女《たじまのひめみこ》との道を外《はず》れた恋が伝えられ、皇女の死後、前に記《しる》した大伴坂上郎女《おおとものさかのうえのいらつめ》を妻《つま》としたとされています。

狭野茅上娘子《さののちがみのむすめ》（生没年《せいぼつねん》は明らかでない）

宮中《きゅうちゅう》の身分《みぶん》の低い女官《にょかん》でしたが、中臣宅守《なかとみのやかもり》との許《ゆる》されない結婚《けっこん》によって、夫《おっと》は遠く越前《えちぜん》に流罪《るざい》となり、これを嘆《なげ》いて二人《ふたり》がその激《はげ》しい思いを贈《おく》り合った六十三首《しゅ》もの短歌《たんか》が万葉集巻十五に残されています。古代女性《こだいじょせい》の情念《じょうねん》がこもった歌として特別《とくべつ》の光を放《はな》っています。

付録

万葉集を楽しむための略年表

西暦	できごと
	（飛鳥時代）
604	憲法十七条制定
607	遣隋使派遣
630	遣唐使派遣
645	大化の改新
663	白村江の戦い
672	壬申の乱

天皇	都
推古	飛鳥 小墾田宮
舒明	岡本宮
皇極	板蓋宮
孝徳	難波長柄豊崎宮
斉明	後飛鳥岡本宮
天智	近江大津宮
（弘文）	

時期	黎明期	第一期
特徴	主に口誦《こうしょう》、伝承《でんしょう》によって受け継がれてきた古代の歌謡《かよう》。素朴《そぼく》な中に人間味あふれる独特《どくとく》の味わいがある。作者については確定的《かくていてき》でない。	大化《たいか》の改新《かいしん》を迎えての国家統一の激動期。古代歌謡の特徴を受け継ぎつつも、徐々《じょじょ》に個性を帯《お》びてくる。率直《そっちょく》でおおらかな歌が多い。
本書に登場する万葉の歌人	磐姫皇后 聖徳太子	舒明天皇 天智天皇 （中大兄皇子） 額田王 有間皇子

701	大宝律令
710	平城京遷都（奈良時代）
712	『古事記』撰進
720	『日本書紀』撰進
736	遣新羅使《けんしらぎし》
737	疫病《えきびょう》大流行
752	東大寺大仏開眼《かいげん》
759	万葉集最終歌

天皇	都
天武	飛鳥浄御原宮
持統	
文武	藤原京
元明	
元正	平城京
聖武	恭仁京・難波宮・紫香楽宮
孝謙	平城京
淳仁	

第二期

壬申《じんしん》の乱を経て、新国家形成の時代、さまざまな悲劇も起きる中で、柿本人麻呂を中心に、充実したみずみずしい万葉調の歌が生まれる。

天武天皇（大海人皇子）　持統天皇　柿本人麻呂　元明天皇　大津皇子　大伯皇女　石川郎女　志貴皇子　但馬皇女　弓削皇子　穂積皇子　高市古人　坂門人足

第三期

平城京の安定期で個性的な歌人が多く出現、多彩な歌風を展開した。筑紫歌壇《つくしかだん》など、地方への広がりを見せる。

山部赤人　高橋虫麿　大伴旅人　山上憶良　小野老　大伴坂上郎女

第四期

天平《てんぴょう》文化の最盛期を経て情勢不安の世の中にあり、大伴家持を中心に繊細《せんさい》で感傷的《かんしょうてき》な歌が多く詠まれる。一方では、防人《さきもり》のような庶民の素朴《そぼく》な歌も生まれた。

聖武天皇　光明皇后　大伴家持　中臣宅守　狭野茅上娘子　笠郎女　湯原王　防人

50の歌
ゆかりの舞台

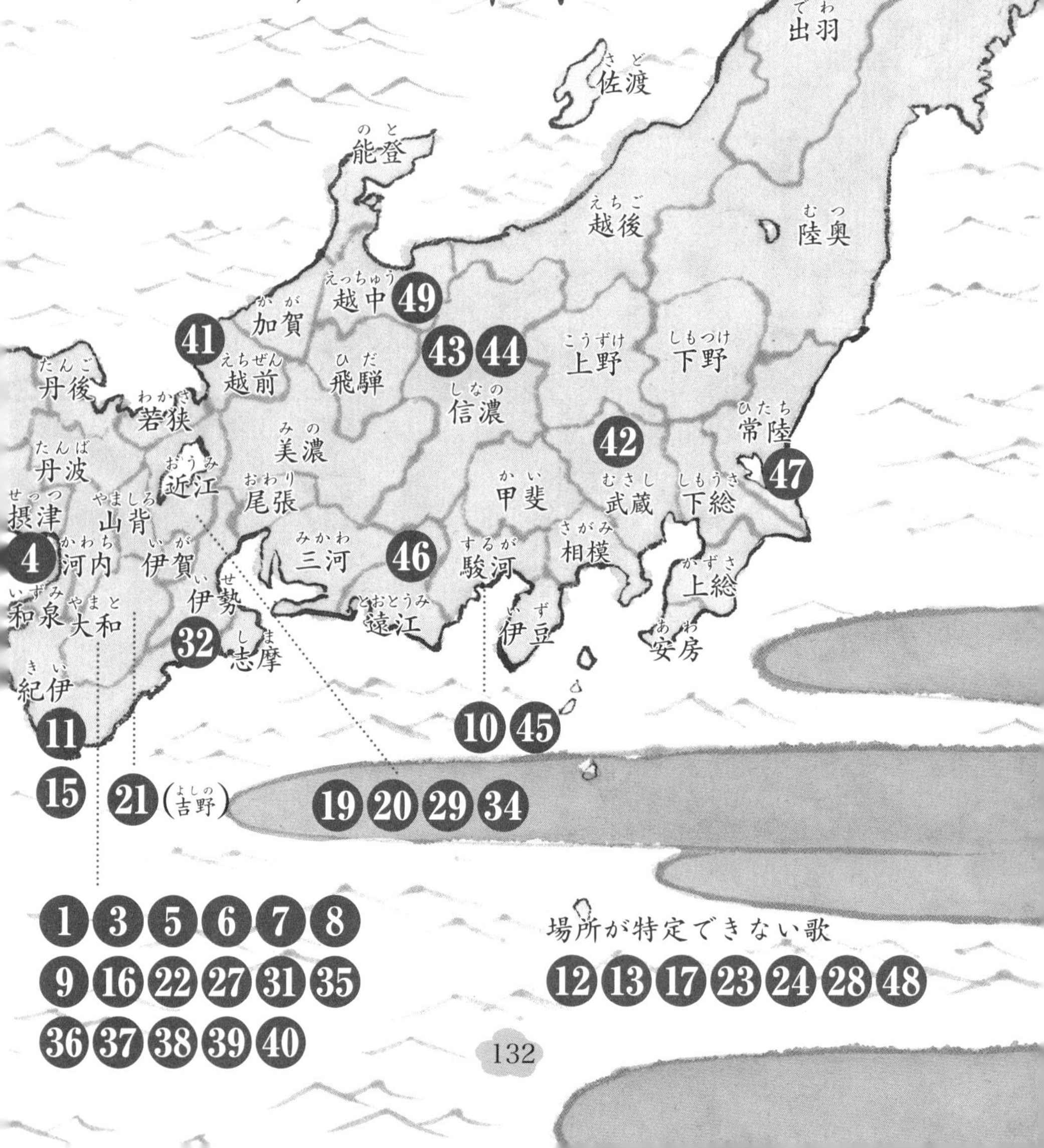

出羽《でわ》
佐渡《さど》
能登《のと》
越後《えちご》
陸奥《むつ》
越中《えっちゅう》 49
加賀《かが》
41
43 44
上野《こうずけ》
下野《しもつけ》
丹後《たんご》
越前《えちぜん》
飛騨《ひだ》
信濃《しなの》
若狭《わかさ》
常陸《ひたち》
美濃《みの》
42
丹波《たんば》
近江《おうみ》
尾張《おわり》
甲斐《かい》
武蔵《むさし》
下総《しもうさ》
47
摂津《せっつ》
山背《やましろ》
4
河内《かわち》
伊賀《いが》
三河《みかわ》
46
駿河《するが》
相模《さがみ》
上総《かずさ》
和泉《いずみ》
大和《やまと》
伊勢《いせ》
遠江《とおとうみ》
伊豆《いず》
安房《あわ》
32
志摩《しま》
紀伊《きい》
11
10 45
15
21 (吉野《よしの》)
19 20 29 34
1 3 5 6 7 8
9 16 22 27 31 35
36 37 38 39 40
場所が特定できない歌
12 13 17 23 24 28 48

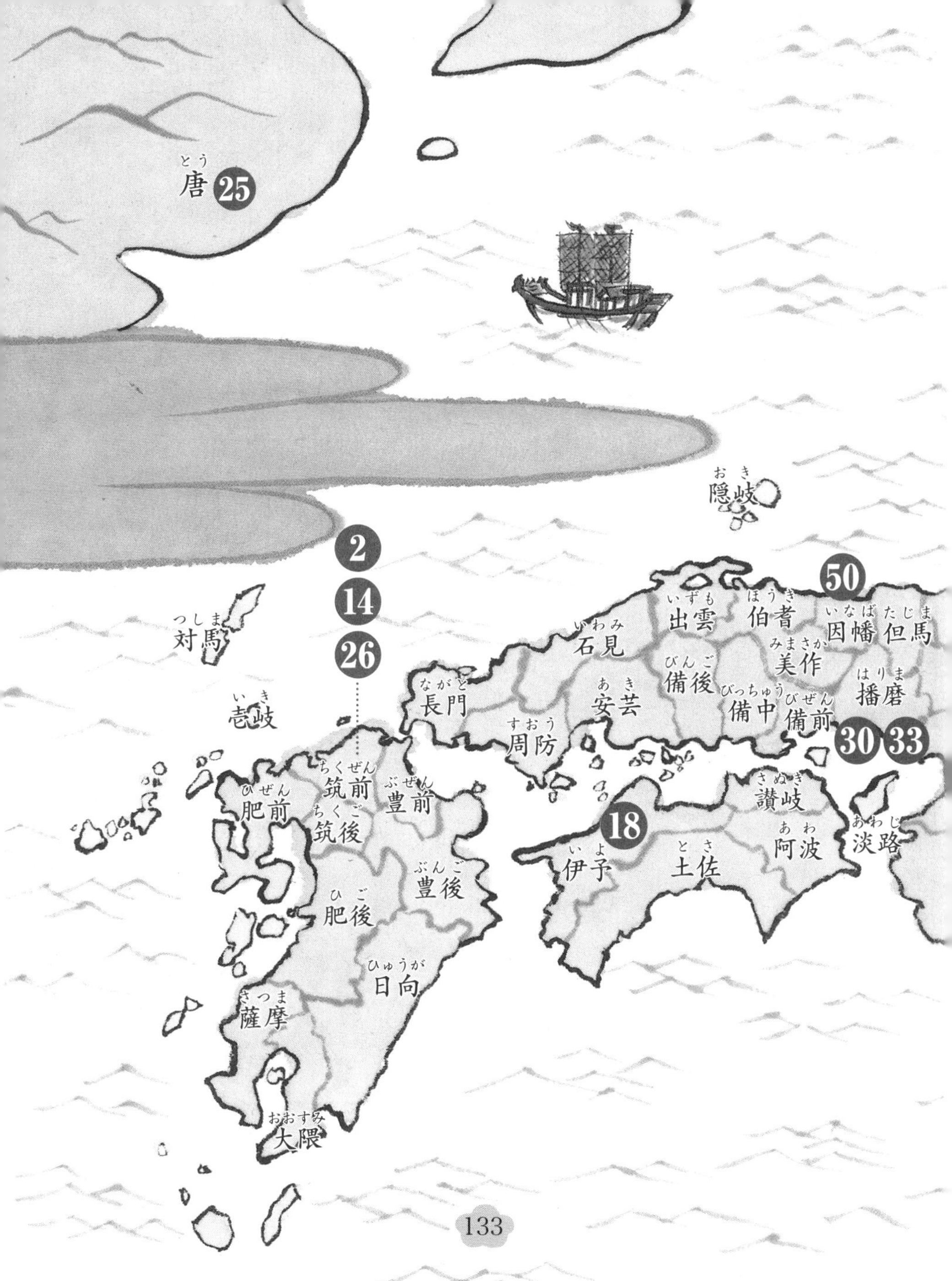
唐《とう》
25
隠岐《おき》
2
14
26
50
出雲《いずも》
伯耆《ほうき》
因幡《いなば》
但馬《たじま》
対馬《つしま》
石見《いわみ》
美作《みまさか》
備後《びんご》
播磨《はりま》
長門《ながと》
安芸《あき》
備中《びっちゅう》
備前《びぜん》
壱岐《いき》
周防《すおう》
30
33
筑前《ちくぜん》
豊前《ぶぜん》
讃岐《さぬき》
肥前《ひぜん》
筑後《ちくご》
18
淡路《あわじ》
阿波《あわ》
伊予《いよ》
土佐《とさ》
豊後《ぶんご》
肥後《ひご》
日向《ひゅうが》
薩摩《さつま》
大隈《おおすみ》

主な参考図書

『萬葉集』一～四　編者・小島憲之他　新編日本古典文学全集（小学館）
『万葉集』一～四　中西進・編（講談社文庫）
『萬葉集釋注』一～十　伊藤博（集英社文庫ヘリテージシリーズ）
『口訳万葉集』上・中・下　折口信夫（岩波現代文庫）
『万葉秀歌』上・下　斎藤茂吉（岩波新書）
『万葉の人びと』『万葉のいぶき』『万葉のこだま』（三部作）　犬養孝（新潮社）
『わが万葉集』　保田與重郎（新潮社）
『ポケット万葉集』　小柳左門（致知出版社）
『小学生からの万葉集教室』一・二　三羽邦美（瀬谷出版）
『マンガで楽しむ古典　万葉集』　井上さやか（ナツメ社）
『よみたい万葉集』　松岡文、他（西日本本出版社）

小柳左門（こやなぎ・さもん）

昭和23年佐賀県生まれ、福岡県在住。九州大学医学部卒業、医学博士。九州大学医学部循環器内科助教授を経て国立病院勤務。国立病院機構都城病院名誉院長。原土井病院院長を経て、現在は学校法人原看護専門学校学校長。ＮＰＯ法人「ヒトの教育の会」会長。豊かな情操を求め、青年期より日本古典、とくに記紀万葉の世界に親しみ、講演や執筆活動を行っている。医学関係以外の著書に『ポケット万葉集』（致知出版社）、『皇太子殿下のお歌を仰ぐ』（展転社）、『白雲悠々』（陽文社）など。編著に『親子で楽しむ新百人一首』（絵入り歌留多付き、致知出版社）があり、共著に『名歌でたどる日本の心』（草思社）、『日本の偉人１００人』（致知出版社）、『語り継ごう日本の思想』（明成社）など多数。

白駒　妃登美（しらこま・ひとみ）

慶應義塾大学経済学部卒業後、国際線客室乗務員を経て二児の母となる。その後、大病を克服し、現在は歴史エッセイストとして日本の歴史や文化の素晴らしさを国内外に向けて広く発信している。日本の歴史は「志」のリレーであり「報恩感謝」の歴史であることを、心を込めて伝える講演に「こんな歴史の先生に出会いたかった」と涙する参加者が続出。全国各地での講演やメディア出演は、コロナ前は年間二百回に及んだ。平成27年より小柳左門氏の連続講座『和歌と日本のこころ』を主催。令和2年より全国著名講師による『和ごころ大学』をオンラインで開催するなど、コロナ後も活躍の幅を広げている。『子どもの心に光を灯す　日本の偉人の物語』（致知出版社）など著書多数。CD『語り継ぎたい日本のこころ――心揺さぶる偉人の物語』（致知出版社）も好評を博している。

竹中俊裕（たけなか・としひろ）

昭和37年北九州市生まれ、福岡市在住。イラストレーター・グラフィックデザイナー。書籍の挿絵や絵本、カレンダーなどにイラスト製作。水彩画や水墨画で、ふるさとの情景や子どもたちを得意としている。『嵐の中の灯台』（明成社）、『伏してぞ止まん ぼく、宮本警部です』（高木書房）、『親子で楽しむ新百人一首』（致知出版社）などの書籍挿絵、山口県萩市「明倫学舎」歴史パネルイラストなど施設内イラスト、他にハートビルマーク、「よかトピア」ネーミングなど。

親子で読み継ぐ万葉集

令和二年十一月二十五日第一刷発行

著　者　小柳　左門
白駒妃登美
発行者　藤尾秀昭
発行所　致知出版社
〒150-0001東京都渋谷区神宮前四の二十四の九
TEL（〇三）三七九六―二一一一
印刷・製本　中央精版印刷

ISBN978-4-8009-1244-2 C0095
ホームページ　https://www.chichi.co.jp
Eメール　books@chichi.co.jp

人間力を高める致知出版社の本

万葉集一日一首

花井しおり 編

歌の詠まれた日付をもとに366首をセレクト。
一日一首ずつ味わえる歌集

●新書判　●定価＝本体1,143円＋税